AF288641

Die Prinzessin von San Lorenzo 2

Märchen-Roman

Gudrun Leyendecker

1. Auflage 2024
Sämtliche Inhalte sind urheberrechtlich geschützt und dürfen ohne die ausdrückliche schriftliche Genehmigung in keiner Art und Weise (elektronisch, in Bild, Ton oder Sprachform) weiterverwendet, vervielfältigt, kopiert oder in jeglicher Form abgespeichert werden.
Biografische Information der deutschen Nationalbibliothek: Die Deutsche Nationalbibliothek verzeichnet diese Publikation in der Deutschen Nationalbibliografie; detaillierte biografische Daten sind im Internet über http://dnb.dnb.de abrufbar.

© 2024 Gudrun Leyendecker

Verlag: BoD • Books on Demand GmbH, In de Tarpen 42, 22848 Norderstedt
Druck: Libri Plureos GmbH, Friedensallee 273, 22763 Hamburg

ISBN: 978-3-7597-6879-7

Gudrun Leyendecker ist seit 1995 Buchautorin. Sie wurde 1948 in Bonn geboren.

Siehe Wikipedia.

Sie veröffentlichte bisher circa 98 Bücher, unter anderem Sachbücher, Kriminalromane, Liebesromane, und Satire. Leyendecker schreibt auch als Ghostwriterin für namhafte Regisseure. Sie ist Mitglied in schriftstellerischen Verbänden und in einem italienischen Kulturverein. Erfahrungen für ihre Tätigkeit sammelte sie auch in ihrer Jahrzehntelangen Tätigkeit als Lebensberaterin.

Inhaltsverzeichnis:

Der Märchen-Roman DIE PRINZESSIN VON SAN LORENZO 2 ist die Fortsetzung der spannenden Geschichte einer jungen Frau, die von einer Hexe manipuliert und entführt wird. Mit ihrer Freundin, der Fee Lamina und dem Zwerg Jorge, begegnen der jungen Prinzessin auch in diesem Abenteuer viele Menschen und märchenhafte Gestalten, die durch ihr kurioses Verhalten die Welt in Chaos versetzen. Im Reich der Drachen ist ein Konkurrenzkampf zu erwarten, und die Liebe hofft auf ein Happy End.

Für Rike

in tiefer Verbundenheit

# Die Prinzessin

# von

# San Lorenzo 2

## Märchen-Roman

## Gudrun Leyendecker

Was bisher geschah:

Es war einmal … in Italien. Was bisher geschah: Ganz in der Nähe des kleinen Ortes San Lorenzo in Banale, den man unweit der Brenta-Dolomiten findet, wurde in jener besonderen Nacht eine Prinzessin geboren.

Es war die Nacht des 10. August, in der man am Gardasee, die „Notte di San Lorenzo" feierte, die Nacht der Sternschnuppen.

Jedes Jahr kann man um diese Zeit den Schwarm der Sternschnuppen beobachten, die mit dem Namen Perseiden an der Erde vorbeiziehen. In Italien werden sie auch die „Tränen des Heiligen Lorenzo" genannt, der über die bösen Menschen sehr traurig gewesen sein soll.

Weil allgemein bekannt ist, dass Sternschnuppen Glück bringen, nannte man die kleine Prinzessin Federica Felicità.

Federica ist ein italienischer Vorname und bedeutet Frieden oder „die Friedenbringende" und „Felicità" ist, wie die meisten Menschen wissen, das Glück. Die Einwohner des winzigen Königreichs von San Lorenzo erhofften sich von der erwachsenen Prinzessin, sie möge beides in ihrem Land und in der Welt verbreiten: Frieden und Glück.

Doch in den Jahren nach Federicas Geburt veränderten sich die Zustände in dem kleinen Land. Vom Gletscher der Marmolata stieg die böse Fee Nüssli herab und mischte sich, zuweilen als ältere Frau verkleidet, unter die Einwohner von San Lorenzo.

Weil sie selbst gern einmal Königin dieses kleinen Königreichs werden wollte, verbreitete sie die Nachricht, dass Federica eine große, böse Zauberin sei, die mit der Vollendung ihres 18. Lebensjahres große Schrecken, Katastrophen und Epidemien über dem

Land verbreiten werde. Doch damit dieses Gerücht nicht zu Federica gelangen sollte, behauptete sie, dass jeder sofort tot umfalle, der davon etwas am Königshof verlauten lasse.

So geschah es dann, dass sich die Bürger von San Lorenzo vor dem 18. Geburtstag der Prinzessin fürchteten und zu planen begannen, was zu tun sei, um das Königreich zu retten.

Federica dagegen wusste von alldem nichts und bereitete sich mit Sorgfalt für die Krönungsfeier vor, die am 10. August um Mitternacht stattfinden sollte.

Mitten in diese Vorbereitungen hinein, erschien die böse Nüssli in der Verkleidung einer Botschafterin bei der Prinzessin und behauptete, Nachrichten von den im Exil lebenden Eltern zu haben. Die Hexe behauptete, der König und die Königin brauchten dringend einen Teil des

Schatzes, den der Drache Polka in seiner Höhle gut behütete.

Federica, die ihre Eltern sehr liebte, war gern bereit, das Lösegeld für ihre Eltern zu beschaffen, doch kaum hatte sie es der Hexe übergeben, wurde sie von ihr mit einem Zauber belegt.

Mit einer völlig neuen Identität, die ihr aufgezwungen wurde, reiste sie nach Italien und Monaco, und wurde gezwungen, ein Leben zu führen, das nicht ihren innersten Wünschen entsprach.

Während ihre Freundin, die gute Fee Lamina, und der Zwerg Jorge nach der Prinzessin suchten, versuchte Nüssli, Federica in eine fremde Welt zu integrieren. In der Absicht der bösen Fee lag auch, die junge Frau mit einem Fremden in einem anderen Land zu verheiraten, damit sie dort sesshaft würde. Doch da die böse Fee, die Hexe

Nüssli nur bedingte Zauberkraft besaß, misslangen ihr einige Versuche, Federica von der Vergangenheit zu entfremden.

In Venedig lernte die Prinzessin den Franzosen Mario kennen, einen Musikstudenten, der sich sofort in die junge Frau verliebte. Doch der Hexe gelang es, Federica mit präparierten Pflastern, deren Wirkstoffe in die sensible Haut eindrangen, wieder zu betäuben und zu entfremden.

Nach vielem Hin und her und einigen Abenteuern gelang es jedoch Lamina und dem Zwerg, die Prinzessin zu befreien und sie nach San Lorenzo zurückzuholen. Dort klärte sich nach und nach alles auf, und an Federicas achtzehnten Geburtstag ereignete sich die große Wende: Nüssli und ihr böser Freund Mettlach konnten festgenommen werden und der König und die Königin kehrten ins Schloss zurück und übernahmen die Regentschaft. Sie befreiten die Prinzessin vom Druck der zukünftigen Position und rieten ihr erst einmal zu erholsamen Ferien mit langen, ausgiebigen Reisen.

Weil die Brille der Erkenntnis der jungen Frau geraten hatte, die Melodie ihres Lebens zu finden, erkannte sie, dass sie den Rufen der Musik folgen durfte.

So nahm Federica das freundliche Angebot ihrer Eltern sofort an, verließ umgehend das Königreich und reiste nach Venedig. Dort traf sie Mario wieder und beide beschlossen, in Zukunft mit Musik zu arbeiten und ihre eigene Lebensmelodie zu finden.

Die böse Fee Nüssli aber lebte in einer der Höhlen des Ätnas in Gefangenschaft, und der sizilianische Drache Maximo Eterno bewachte sie Tag und Nacht.

Kapitel 1

Im Schloss von San Lorenzo

Schauen wir einmal, wie es heute, ein Jahr später aussieht, und was aus Federica geworden ist! An ihrem neunzehnten Geburtstag finden wir sie in San Lorenzo, im Schloss ihrer Eltern.

Gerade hat sie sich ein Festkleid angezogen, steht vor dem Spiegel und kämmt sich die Haare.

Ihre Freundin, die gute Fee Lamina, steht neben ihr und schaut ihr zu: „Du siehst wieder einmal zauberhaft aus, und du bist in dem letzten Jahr noch hübscher geworden. Sicher hat das damit zu tun, dass du sehr glücklich bist. Wie weit bist du jetzt mit deiner Musikausbildung?"

„Die Schule in Venedig ist sehr gut, und ich habe schon einige pädagogische Seminare hinter mir. Dabei kommt auch mein Klavierspiel nicht zu kurz." Sie legt die Haarbürste beiseite und dreht sich um. „Ich habe ja im Moment jeden Abend in der Woche Zeit zu üben. Mario studiert in Paris, da können wir uns nur am Wochenende sehen."

„Das ist aber eine teure Angelegenheit", findet die Freundin. „Hat Mario denn so viel Geld, um immer zu dir fliegen zu können?"

Die Prinzessin seufzt und legt sich eine zarte Goldkette um den Hals. „Er gibt vielen Schülern Gitarren-Unterricht, und damit bezahlt er die Flüge, denn er mag es partout nicht, wenn ich ihm helfe."

„Er ist eben sehr verliebt", stellt Lamina fest. „Dafür strengt man sich schon einmal an."

„Er behauptet, damit täte er ja nicht nur mir einen Gefallen, sondern auch sich selbst. Er gehört wirklich zu den wenigen sensiblen Vertretern des männlichen

Geschlechts. Denn unter meinen Schulkollegen habe ich schon ganz andere kennengelernt."

Die Fee rollt die Augen. „Du schriebst mir einmal, dass dort viele Schüler lernen, da hast du bestimmt jetzt schon viel Erfahrung mit unterschiedlichen Mentalitäten gemacht. Da sind bestimmt auch sehr feurige Typen dabei."

Federica lächelt. „Oh, ja! Meine Mitschüler haben unterschiedliche Temperamente. Da gibt es einen, den vergleiche ich mit Brahms, er komponiert auch selbst und macht uns allen mit seiner Musik viel Freude."

In diesem Augenblick klopft es an der Tür, und die Prinzessin ruft ein vernehmliches „Herein".

Die Küchenfee Veronika tänzelt ins Zimmer. „Ich habe eine gute und eine schlechte Nachricht."

„Du kannst sie uns ruhig verraten", bittet die Königstochter. „Du weißt doch, Lamina ist meine beste Freundin und darf alles mithören."

„Die gute Nachricht ist, dass mir der Zitronen-Bisquitkuchen ausnahmsweise einmal sehr gut gelungen ist. Aber die schlechte Nachricht mag ich gar nicht sagen. Ihr habt doch sicher davon gehört, dass der Ätna wieder ausgebrochen ist."

Die beiden Frauen nickten.

„Das habe ich heute in der Zeitung gelesen", berichtet die Fee.

„Es ist uns tatsächlich bekannt", bestätigt die Prinzessin. „Ich hoffe, dass niemandem etwas dadurch passiert ist."

„Es muss da ganz schön gerumpelt haben", bemerkt Veronika. „Die böse Fee Nüssli war dort bei dem Drachen Maximo Eterno in einem bewachten Gefängnis. Sie lebte dort in einer der unzähligen Höhlen dieses gigantischen Vulkans, der ab und zu etwas aus seinem Rachen spuckt. Aber durch diese Bewegung im Inneren des Berges hatte sich ein winziger Ausgang gebildet, und durch den ist diese Hexe jetzt entflohen."

Federica lächelt. „Mach dir deswegen keine Sorgen! Ich bin nun schon ein Jahr älter geworden, und etwas weiser, auch sehr viel stärker. Jetzt kann mir die böse Fee nichts mehr anhaben."

„Unsere liebe Königstochter ist nicht mehr so unwissend wie früher", bestätigt Lamina. „Mittlerweile durchschaut sie die Tricks dieser bösen Hexe."

„Ich bitte um Entschuldigung! Aber ich mache mir Sorgen", gesteht die Küchenfee. „Wenn ich noch daran denke, wie erfolgreich diese böse Frau sämtliche Einwohner von San Lorenzo davon überzeugt hat, die Prinzessin verspiele den ganzen Staatschatz in den

Spielcasinos von Monaco, dann wird es mir noch ganz gruselig."

„Das stimmt", gibt die gute Fee zu. „Es ist erstaunlich, mit welcher Ausdruckskraft man das Böse verbreiten kann. Ich hätte damals nie geglaubt, dass sich die treuen Einwohner dieses Königreiches so blenden lassen. Ich denke, wir werden uns noch einmal fachlichen Rat holen müssen."

Federica bedankt sich bei Veronika und entlässt sie mit ein paar freundlichen Worten. Als sich die Tür hinter der Küchenfee geschlossen hat, wendet sie sich an die Freundin. „An wen hast du gedacht, an den Drachen Polka?"

„Ich dachte eher an die weiße Schneekatze Luciana, die Nüssli damals am Gletscher zurückgelassen hat, als sie hier nach San Lorenzo hinunterstieg."

Die Prinzessin staunt. „Was versprichst du dir davon? Glaubst du, sie plaudert über ihre ehemalige Herrin?"

„Möglicherweise schon. Sie wurde von der Hexe verlassen, und vor einigen Monaten tauchte sie plötzlich in der Schlossküche auf und fragte, ob sie etwas zum Essen haben könnte. Sie war sehr dünn geworden, sah sehr schlecht aus, und ich hatte das Gefühl, dass sie nicht gut auf Nüssli zu sprechen war."

„Dann werden wir morgen einmal hinauf zum Gletscher wandern", schlägt Federica vor. „Ich habe zwar keine Angst mehr vor ihr, der Hexe, aber wir sollten trotzdem vorsichtig sein und nicht vergessen, dass sie auch zaubern kann."

„Schade, dass deine Eltern nicht hier sind, sie wüssten bestimmt auch noch einen guten Rat, aber es ist verständlich, dass sie zur Krönung des befreundeten Königs fahren mussten. Findest du nicht auch, dass dieser Geburtstag ein bisschen traurig ist? Nicht einmal dein Freund hat die Möglichkeit, heute hier zu sein."

„Seine Prüfungen sind jetzt erst einmal wichtiger", ruft sich die Prinzessin zur Vernunft. „Schließlich befinden wir uns beide noch in der Ausbildung, da muss man schon einmal auf verschiedene Dinge verzichten."

Lamina lächelt der Freundin zu. „Du bist es von früher gewohnt, zu verzichten und dich zu disziplinieren. Daher fällt es dir jetzt nicht schwer. Aber ich hoffe, du kannst heute, an deinem Geburtstag etwas lockerer sein."

„Natürlich, gleich freue ich mich beim Kaffeetrinken mit den Einwohnern von San Lorenzo über das schöne Fest, heute Nacht ist das Feuerwerk, das jährlich um diese Zeit abgebrannt wird. Und wenn ich in den Himmel schaue, sind mir alle die Personen nah, an die ich denke."

## Kapitel 2

Geburtstag, einmal ganz anders.

Am Nachmittag freut sich Federica über die vielen Blumen, Geschenke und Glückwünsche der Bürger von San Lorenzo und hat Mühe, jedem die Hand zu schütteln und zu danken.

Beim öffentlichen Ball, bei dem auch ein riesiges Buffet geboten wird, tanzt sie pflichtgemäß mit den Ministern, aber gestattet ebenso einigen geladenen Bürgern ein Tänzchen.

Als der Mond heraufzieht, ist sie froh, dass sie sich kurz ins Büro zurückziehen und fernmündlich mit ihren Eltern kommunizieren kann. König Ernesto und

Königin Margarita gratulieren ihrer Tochter herzlich und wünschen ihr alles Glück dieser Erde.

Etwas später meldet sich auch Mario mit einem Anruf und wünscht ihr das Allerbeste. Doch gleich, nachdem er seine Glückwünsche ausgesprochen hat, fährt er besorgt fort: „Als ich hörte, dass Nüssli aus ihrem Gefängnis ausgebrochen ist, wollte ich sofort zu dir kommen, um dich zu beschützen. Aber leider hat man mir nicht freigegeben. Ich hatte auf die Prüfung verzichten und lieber zu dir kommen wollen, aber der Professor riet mir davon ab. Er sagte mir, dass ich die Prüfung dann erst im nächsten Jahr nachholen kann. Schließlich habe ich mich dann entschieden, trotzdem zu dir zu fliegen, aber nun habe ich erfahren, dass sowohl hier in Frankreich als auch in Italien die Piloten streiken. Also musst du tatsächlich ohne mich feiern, deinen Geburtstag allein zu Ende bringen."

Federica kichert. „Das war aber eine lange Rede. Jetzt kannst du wirklich ganz unbesorgt sein! Wenn du von Paris nicht nach San Lorenzo fliegen kannst, wird auch Nüssli nicht hierhin fliegen können. Außerdem weichen mir Lamina und Jorge nicht von der Seite."

„Das hoffe ich. Trotzdem wäre ich gern bei dir gewesen, und ich hoffe auch, dass die böse Fee keine Möglichkeit findet, einen Weg zu dir zu finden."

„Sei unbesorgt!" versucht sie ihren Freund zu beruhigen. „Du bist ja darüber informiert, dass Nüssli nur wenige negative Dinge zaubern kann, so wie sich meine gute Fee Lamina lediglich auf die weiße Magie in Maßen beschränken muss. Ich werde also gleich wieder zu meinen Gästen gehen, um mir das Feuerwerk mit ihnen anzuschauen. Morgen werden wir in die Berge wandern, bis zu der Gletscherzunge, in deren Nähe die Schneekatze wohnt. Von ihr erhoffen wir uns einige Auskünfte über ihre ehemalige Herrin, die böse Fee."

„Bist du denn sicher, dass sie euch nicht schaden kann?" fragt Mario besorgt.

„Man glaubt ja allgemein, dass Luciana auf Nüssli immer noch böse ist, weil sie sich seit langer Zeit nicht mehr um sie kümmert und einfach fortgegangen ist. Zwar gibt es auch Katzen, die gern allein sind, aber die böse Fee und die Schneekatze waren früher unzertrennlich. Wenn es oben kalt war, dann legte sich Luciana wie ein Pelzkragen um den Hals der bösen Frau. Sie waren früher in jeder Minute zusammen."

„Aber was soll diese Katze denn jetzt über Nüssli wissen, wenn sie doch schon so lange getrennt sind?" wendet der junge Mann voller Zweifel ein.

„Sie kennt ihre Gewohnheiten. Ich denke, bei den Hexen ist das so wie bei den Menschen. Einige können sich ändern, wenn sie es wollen. Aber dann gibt es die, die so stark mit sich selbst beschäftigt und so wenig empathisch sind, dass sie gar nicht im Traum daran denken, etwas ändern zu müssen."

„Ja, gut", gibt Mario nach, „aber weißt du auch, dass Nüssli eine Schwester hat, die Dolores heißt? Sie soll sich gern manchmal als graue Katze verkleiden und schon allerlei Chaos in der Welt verbreitet haben. Verwechsele die beiden Katzen also nicht!"

„Ja, davon habe ich gehört. Und ich weiß noch mehr. Nüssli hat auch einen Sohn, der Hieronymus heißt. Bisher war er in einem speziellen Internat, in dem man auch das Zaubern lernen kann", weiß Federica.

„Ist er nicht schon ein bisschen zu alt für eine Schule", überlegt Mario.

„Es ist ein Internat, an das auch eine Hochschule angeschlossen ist.

Hieronymus soll in der Schule so perfekt gewesen sein, dass er ein Stipendium für diese seltene Uni bekommen hat."

Der junge Mann staunt. „Was mag er da überhaupt gelernt haben? Weißt du denn, wo dieses Internat liegt? Bestimmt in einem großen Urwald", vermutet er.

„Oh nein! Mitten in einer der größten Städte dieser Erde, aber es ist nicht bekannt, in welcher. Dort fallen die Schüler am wenigsten auf."

„Hoffentlich ist er noch nicht so gut wie seine Mutter, sonst könnte er mächtigen Schaden anrichten", überlegt Mario.

„Er soll sogar noch besser sein, weil er sehr ehrgeizig ist", berichtet ihm die Prinzessin. „Das hat mir Jorge vorhin verraten, denn sein Zwergenreich ist gut vernetzt, über alle Länder der Erde."

„Dann wollen wir hoffen, dass er über alles schnell informiert wird, damit er dich warnen kann. Aber jetzt wollen wir diese Gedanken wieder fortschicken. Bevor du wieder zu deinen Gästen gehst, muss ich dir unbedingt noch sagen, wie sehr ich dich vermisse."

Federica freut sich. „Ich vermisse dich auch sehr, und ich freue mich, wenn wir uns bald wiedersehen können."

„Ich kann es gar nicht erwarten", verrät er ihr. „Und dann haben wir ganz viel nachzuholen. Weißt du eigentlich, wie viele Küsse du inzwischen schon verpasst hast?"

Sie lacht. „Ich kann es mir so in etwa denken. Es könnte eine sehr schwierige Rechenaufgabe werden."

„Wir werden alle Zeit der Welt brauchen", vermutet er. „Hast du schon überlegt, wann und wo wir uns wiedersehen?"

„Venedig passt mir sehr gut, da musst du auch nicht in einen anderen Flieger umsteigen und hast keine Anfahrten. Wenn du zu mir nach San Lorenzo kommst, musst du vom Flughafen Verona aus, doch noch ein ganzes Stück fahren, um zu mir zu kommen. In zwei Tagen bin ich wieder Italien. Vielleicht hast du bis dahin auch alles geschafft?"

„Ich habe hier noch drei Prüfungstage, aber danach kann ich mir erst einmal freinehmen. Übrigens habe ich für dich noch eine kleine Geburtstags Überraschung. Soll ich sie dir verraten?"

Federica kichert. „Nein, Heb dir deine Überraschung für später auf! Ich kann gut warten und finde es schön, die Vorfreude zu genießen. Aber ich werde schon einmal beginnen, die Stunden zu zählen. Drei Tage, das sind genau 72 Stunden, die werde ich es bestimmt noch aushalten. Aber jetzt muss ich mich wirklich wieder bei meinen Gästen blicken lassen, denn das Telefongespräch mit meinen Eltern hat auch schon ein bisschen länger gedauert, als es vorgesehen war. Wir haben jetzt schon eine Viertelstunde vor Mitternacht. Da ist es besser, wenn wir uns jetzt verabschieden."

„Schade, das ist traurig", findet er. „Bist du denn jetzt allein im Büro? Ich hoffe Lamina und Jorge sind in der Nähe."

„Ja, sie stehen hier direkt vor meiner Bürotür und warten auf mich. Du kannst also jetzt auch ganz beruhigt schlafen, und ich schicke dir dazu die wunderschönsten Träume und meine aufregendsten Küsse."

„Ich fange alles mit offenen Armen auf", scherzt er. „Und ich werde sie mir gut aufteilen, damit ich nicht vor Sehnsucht krank werde. Du darfst die Zahl deiner Küsse selbst bestimmen. Soviel, wie du willst.

„Das ist lieb von dir", findet sie. „Denn davon kann ich nie genug bekommen."

„Und vergiss nicht: ich liebe dich", flüstert er zärtlich.

Sie beenden gemeinsam das Gespräch, und die Prinzessin atmet einen Augenblick tief durch. Was hat ihr der Himmel doch für ein Glück beschert mit diesem wunderbaren Mario! Sie denkt an das vergangene Jahr: Seit sie ihn kennt, ist sie rundherum glücklich, und keine Arbeit, keine Aufgabe wird ihr zu viel.

Die Turmuhr der Kirche von San Lorenzo zeigt durch ihr Schlagen an, dass es Zeit wird, hinauszugehen, und Federica beendet Träume.

Sie verlässt das Büro und geht gemeinsam mit Lamina und Jorge auf den Schlosshof, auf dem bereits alle Schlossbewohner und viele Bürger von San Lorenzo auf die Prinzessin warten.

Um Mitternacht zündet der Feuerwerker die magischen Lichterspiele an, die den Himmel mit bunten Figuren und Sternen beleben. Während die Zuschauer klatschen und bewundernde Rufe ausstoßen, schießen die magischen Kugeln in die Höhe und explodieren zu zauberhaften, leuchtenden Formen, zeigen sich als bunte Herzen, Blumen und glitzernde Kometenschauer.

Dieses blinkende Farbenspiel scheint den Sternenhimmel nicht sonderlich zu beeindrucken, und als das farbige Spektakel erlischt, funkelt es in den Tiefen des Firmamentes wie eh und je.

Kapitel 3

Die weiße Katze Luciana

Als die Prinzessin und Lamina an der Gletscherzunge neben dem Geröllfeld angekommen sind, entdecken sie ein Murmeltier, das Männchen macht und in der Luft herumschnuppert. Über ihnen schwebt ein Adler, der mit seinem majestätischen Gleiten zeigt, dass er sich seiner Würde und der Wichtigkeit seiner Aufgaben bewusst ist.

Die beiden Frauen schauen sich um und suchen die Höhle, die am Rande des Gletschers liegen soll.

Lamina runzelt die Stirn. „Diese großen Eiszungen bewegen sich leider immer weiter nach unten. Vielleicht ist diese hier über den Höhlen-Eingang gerutscht, möglicherweise gibt es jetzt einen anderen Ein- oder Ausgang."

„Dann sollten wir vielleicht einfach einmal nach der Katze rufen", schlägt Federica vor.

In diesem Augenblick ertönt ein lautes Schnurren und eine weiße Katze in der Größe eines Pumas erscheint.

Geschmeidig nähert sie sich und setzt sich vor die beiden Frauen hin. „Ihr habt mich gerufen, habt von mir gesprochen, warum sucht ihr mich auf?"

„Ich will gar nicht um den heißen Brei herumreden", beginnt Federica. „Es geht um deine Herrin. Bist du über alles unterrichtet, was man gerade so über sie erzählt?"

Luciana hebt eine Pfote, leckt darüber, benetzt sie mit Speichel und putzt sich über das Mäulchen. „Du redest gerade von heißem Brei, das macht mir Appetit. Habt ihr etwas davon mitgebracht?"

Lamina setzt den Rucksack ab, holt einige Töpfchen hervor, öffnet sie und stellt sie vor die Katze. „An heißen Brei haben wir leider nicht gedacht, aber unsere Spitzenköchin Veronika hat dir einige andere Speisen liebevoll zubereitet. Magst du einmal probieren?"

Die weiße Katze schnuppert an den kleinen Behältern. „Das riecht ganz appetitlich, aber bevor ich davon esse, möchte ich doch wissen, was euch zu mir treibt."

Federica zögert nicht. „Wir hatten gehofft, dass du uns ein wenig über deine Herrin erzählen kannst. Sie war zuletzt in einer der Vulkan-Höhlen des Ätna gefangen und wurde von dem Drachen Maximo Eterno bewacht. Beim letzten Ausbruch des Berges konnte sie ebenfalls ausbrechen."

Die Schneekatze schleicht um die Näpfe herum. „Ja, auch wenn ihr euch vielleicht darüber wundert: Ich bin über alle

Aktivitäten meiner Herrin informiert, obwohl ich mich weit über der Baumgrenze befinde."

„Dann weißt du sicher auch, dass sie sich die Prinzessin als Spielball ausgesucht hat", fährt Lamina sofort. „Sie hat sie mit allen Mitteln so bearbeitet, dass sie sich selbst fremd wurde, nicht mehr sie selbst war. Sie hat sie manipuliert."

„Das ist mir in meine weißen Katzenohren gekommen", bestätigt Luciana. „Damit habe ich aber nichts zu tun."

„Davon bin ich überzeugt", antwortet Federica. „Alle, die dich zwischendurch einmal in San Lorenzo gesehen haben, reden nur Gutes von dir. Aber wenn du so gut informiert bist, weißt du vielleicht auch, was Nüssli weiter vorhat? Ist sie immer noch hinter mir her, oder hat sie sich nun für ein friedliches Miteinander entschieden?"

„Nüssli ist eine Marionettenspielerin mit Leidenschaft. Sie braucht immer Puppen, die sie tanzen lässt, und ich weiß, dass sie Italien schon gestern verlassen hat."

Lamina staunt. „Aber gestern haben doch die Piloten gestreikt, und der Ätna befindet sich ganz im Süden Italiens, Sizilien ist der Stein vor der Stiefelspitze. Ist sie etwa wie eine echte Hexe auf dem Besen geritten?"

Das melodische Schnurren der weißen Katze hört sich an wie ein Lachen. „Aber nein! Wir leben doch nicht mehr im Mittelalter. Ihr Sohn Hieronymus hat dafür gesorgt, dass ein Privatjet, der Phoenix aus der Asche, gechartert wurde. Die beiden sind noch gestern von Catania aus gen Norden geflogen."

Die gute Fee runzelt die Stirn. „Der Phoenix aus der Asche? Ich glaube, da gab es mal einen Film, der hieß: der Flug des Phoenix. Meintest du diesen alten

Klapperkasten, oder hast du an den Feuervogel gedacht?"

Luciana umkreist die Näpfe und atmet den Duft tief ein. „Nüssli hat es nicht nötig auf einem Feuervogel zu reisen. Dieser „Phoenix aus der Asche" ist ein zum modernsten Flugzeug umgebauter Privatjet, der es mit jedem Überschallflugzeug aufnehmen kann. Hieronymus pflegt da die besten Beziehungen, selbst zur NASA."

Die beiden Frauen staunen und sehen die weiße Katze erwartungsvoll an.

„Was weißt du noch?" wagt sich Federica, das intelligente Tier weiter zu befragen. „Ist deine Herrin vielleicht schon wieder in diesem Bereich der Brenta-Alpen gesehen worden?"

Lucianas Schwanz steigt steil in die Höhe, das Fell sträubt sich. „Sie hat fest vor, sich mit dem Kuschelkater Jeremias zu treffen, und will dadurch einen großen Einfluss auf die Entwicklung der Menschheit ausüben."

„Das verstehe ich jetzt gar nicht", wirft Lamina ein. Zu dem „Kuschelkater gehen doch alle Menschen, die in ihrer Kindheit zu wenig Streicheleinheiten bekommen haben und auch die, die das Kuscheln erlernen müssen. Das passt doch überhaupt nicht zu der bösen Fee. Mit ihr kann man doch nun wahrhaftig nicht kuscheln und ich bin nicht sicher, ob sie es den anderen Menschen gönnt."

Die Schneekatze faucht ein bisschen. „Wahrhaftig möchte niemand mit ihr kuscheln, seit sie sich vorgenommen hat, für ihren Sohn Hieronymus extra stark zu werden. Ich kenne sie noch aus alten Zeiten, da hat sie sich begnügt, ein paar Lawinen vom Berg hinunterzuschicken. Dank eurer Frühwarnsysteme kam meist keiner zu Schaden."

„Und welches Ereignis hat sie dann so verändert?" fragt Federica interessiert.

„Es war exakt zu dem Zeitpunkt, als ihr Sohn Hieronymus ins heiratsfähige Alter kam. Da wurde sie plötzlich eifersüchtig auf alle Personen, die sich in seine Nähe wagten. Alle seine Bräute hat Nüssli erfolgreich verjagt."

„Das ist kaum vorstellbar", findet Lamina. „Sie muss sich doch wünschen, dass ihr Sohn glücklich wird."

Luciana stößt ein lautes „Miau" aus. „Oh ja, das will sie ja auch. Aber sie hat ganz andere Vorstellungen von seinem Glück, und zwar ziemlich konkrete. Sie möchte, dass er Spaß daran findet, mächtig zu sein und die Puppen tanzen zu lassen. Du musst wissen, sie hat sich erst zur bösen Fee durch viel Boshaftigkeit entwickelt. Ganz früher war sie auch einmal eine Katze, eine die gern mit den Mäusen spielte und ständig auf der Jagd war.

Davon hat sie natürlich immer noch etwas im Blut."

Die Prinzessin nickt bedächtig mit dem Kopf. „Jetzt kann ich so manches verstehen. Dann muss man jetzt also nicht nur Nüssli mit ihrem Gehilfen Mettlach fürchten, sondern auch ihren Sohn. Aber was hat sie denn gemeinsam mit dem Kuschelkater vor. Er wird sich doch mit Sicherheit nicht mit ihr verbünden?!"

„Ich bin ganz sicher, dass er nicht kompromissbereit ist, sondern meiner Herrin alle Wünsche und Bitten verweigert."

„Das klingt nach einem Aber", findet Lamina.

„Sie wird sich sicherlich einen Trick ausdenken, ihn zu isolieren, denn sie hat vor, allen Menschen in Zukunft die Kuschel-Einheiten zu entziehen. Dann gibt es nur noch kleine Soldaten auf der Welt."

Federica stöhnt. „Das hat sie vor? Was verspricht sie sich davon? Hat man nicht früher Witze darüber gemacht, dass Soldaten nicht eigenständig denken dürfen?"

„Leider waren es nicht nur Witze", weiß die Katze. „Nüsslis kleine Soldaten sollen all das tun, was sie sagt, und ich kenne sie. Sie hat großen Spaß an grausamen Spielen. Wenn sie das schafft, wird es auf der Welt bald ganz anders aussehen."

„Das muss unbedingt verhindert werden", findet die gute Fee."

„Das sieht ja dann so aus, als hätte deine Herrin große Pläne", bemerkt Lamina. „Das könnte bedeuten, dass ihr die Prinzessin unwichtig geworden ist, oder?"

Luciana umkreist erneut die duftenden Töpfchen. „Darauf würde ich mich nicht verlassen. Der Wanderfalke, mein Freund Louis, hat sie gestern am Lago Maggiore gesehen. Sie hat sich dort mit Dolores getroffen. Und das ist kein gutes Zeichen."

Federica hebt die Augenbrauen. „Dolores? Der Name sagt mir nichts. Wer ist das?"

„Das ist eine Cousine von ihr, die graue Katze mit dem großen schwarzen Schnurrbart. Sie hat dort ein Seminarhaus und unterrichtet die Leute im Meckern. Außerdem verkauft sie neumodische Brillen, mit denen man alles Grau in Grau oder ganz schwarzsehen kann."

Lamina staunt. „Unterricht zum Meckern? Wie soll ich mir das vorstellen?"

„Das ist ganz einfach. Wenn man bei ihr einen Kurs absolviert hat, dann sieht man ein Haar in der Suppe, obwohl dort gar keins ist. Und man findet Sachen, die an den Haaren herbeigezogen sind. Ja, Dolores hat sehr schöne lange graue Haare, aber bei ihr wird das Thema Haare sicherlich überbewertet."

„Wenn Nüssli dort ist, haben wir von ihr bestimmt demnächst auch allerlei Nörgelei zu erwarten, oder?" vermutet die Fee.

„Meine Schwester hat mehr als nur zwei Gesichter, sie kann sehr zuvorkommend wirken. Manchmal sucht man bei Personen das wahre Gesicht. Aber sie hat davon eben mehrere", behauptet die Schneekatze und schnuppert erneut an dem Futter.

„Möchtest du nicht endlich etwas essen?" wagt sich Federica zu fragen.

Luciana schnurrt. „Wenn du mich so schön bittest! Aber ich mag nicht essen, wenn mir jemand zuschaut. Seid ihr jetzt hier jetzt fertig, oder gibt es noch etwas Wichtiges?"

„Du hast uns sehr geholfen", findet die Prinzessin. „Wir danken dir sehr und wünschen dir einen guten Appetit! Für uns wird es dann auch Zeit, den Heimweg anzutreten. Wir haben noch einen weiten Weg ins Tal und hoffen, dass uns kein schlechtes Wetter überrascht."

Die Schneekatze legt ihre rechte Pfote und hebt sie nach oben. „Der Wind kommt von der richtigen Seite, euer Rückweg wird ohne einen Regentropfen verlaufen. Bei Gelegenheit werde ich mich wieder in San Lorenzo blicken lassen. Bis dahin wünsche ich euch eine gute Jagd."

„Das sagt man wohl so bei Katzen", flüstert Lamina der Prinzessin ins Ohr, setzt den Rucksack wieder auf und tritt mit Federica den Heimweg an.

## Kapitel 4

### Nüssli und Dolores

Die graue Katze blickt über den Lago Maggiore. „Was für eine hässliche Pfütze! Zum Glück liegt dieser komische See meist im Nebel, so oft kann man diesen Anblick gar nicht ertragen."

Nüssli sieht ihre Cousine ärgerlich an. „Nun jammere hier nicht über das Wasser, ich habe jetzt wichtigere Dinge vor. Es geht um den Kuschelkater, das habe ich dir doch ausführlich erklärt."

Dolores hebt abwehrend die Pfote. „Das kannst du doch vergessen, wie willst du diesen König des Taktes und der Freundlichkeit auf deine Seite ziehen? Das wirst du niemals schaffen."

„Mein Plan ist absolut wasserfest. Selbstverständlich kann ich nicht selbst zu Jeremias gehen. Er ist nicht dumm, er würde alle meine Pläne durchschauen."

„Und wen willst du für deine Zwecke einspannen? Es muss eine Person sein, die sehr hilfsbereit ist, am besten noch gutmütig, und vor allen Dingen darf sie nicht hinter deine Schliche kommen", findet Dolores.

„Hauptsächlich muss sie vertrauenswürdig aussehen und sehr seriös wirken. Und da gibt es nur eine, die ich kenne", flüstert Nüssli geheimnisvoll.

„Du redest um den heißen Brei, und das haben wir Katzen gar nicht gern", behauptet das schöne graue Tier. „Wann willst du mir endlich die ganze Sache auftischen?"

„Ich werde die Prinzessin von San Lorenzo aufsuchen, sie ist genau die richtige Person für meine Zwecke."

Dolores hebt die Schnurrbarthaare. „Die schon wieder? Hattest du nicht genug Scherereien mit ihr? Warst du nicht ihretwegen eine ganze Weile in den heißen Höhlen des Ätnas eingesperrt?"

Die böse Fee schmunzelt. „Dort war es gar nicht so übel. Man kann dort sehr gut überwintern, und der Drache Maximo Eterno ist ein kurzweiliger Gesellschafter. Ich mag es, wenn er so rumpelt und pumpelt, dass der ganze Berg wackelt. Schuld an dieser Gefangennahme waren nur diese übereifrigen Minister von San Lorenzo."

„Und wie willst du jetzt weiter vorgehen? Glaubst du etwa, die Prinzessin von San Lorenzo würde dir freiwillig helfen?!"

„Sicher nicht", antwortet Nüssli gereizt. „Und ich weiß auch, dass sie sich nicht mehr darauf einlassen würde, sich von mir mit Pflastern behandeln zu lassen. Solch einen Trick kann man nur einmal verwenden."

„Und wie willst du sie jetzt gefügig machen? Du weißt, dass deiner bösen

Zauberei Grenzen gesetzt wurden. Du kannst nicht alles verwirklichen, was du dir wünschst", erinnert die Cousine.

„Diesmal werde ich viel vorsichtiger und sublimer vorgehen. Es gibt da so einige psychologische Tricks zur Manipulation, die wirken schon seit Jahrtausenden bei der Menschheit."

Dolores kichert. „Und diese Tricks kennst du?!"

„Natürlich. Glaubst du etwa, ich hätte die ganze Zeit in Ätnas Höhlen verschlafen?! Sizilien knistert nur so vor Inspiration, und die magischen Kräfte des Magmas gehen ins Blut, mehr noch als der sizilianische Wein."

Dolores gähnt. „Aber ohne ein kleines bisschen Zauberei wirst du doch nicht fertig werden, oder?"

Nüssli lacht spöttisch. „Das ist meine Spezialität. Jeder hat seiner Talente. Du bist Meisterin beim Meckern, Schmollen und als weibliche Miesepeterin. Oder heißt es Miesepetra?"

Die graue Katze kneift ihre Augen zusammen. „Keine Ahnung! Muss ich auch gar nicht wissen, und ich habe auch nicht den Ehrgeiz, alles wissen zu wollen. Du hast also einen Plan mit der Prinzessin von San Lorenzo, den du mir im Einzelnen verschweigen willst. Also gut, was ist jetzt mit den Brillen, was brauchst du genau für den Kuschelkater und seinen Hofstaat?"

Die böse Fee grinst. „Du hast mich schon sehr gut verstanden. Ich brauche eine ganz besondere Brille für diesen immer nervig gut gelaunten Kater der Liebe. Oder sollte ich besser Kontaktlinsen nehmen?"

Dolores schüttelt das graue Köpfchen und ein paar ihr seidigen langen Haare fliegen umher. „Kontaktlinsen wirst du ihm nicht andrehen können. Aber ich habe eine ganz besondere Brille, die dir gefallen könnte."

„Wie sieht sie aus, und was kann sie?" forscht Nüssli nach.

„Sie ist optimal dekorativ und verleiht dem Tragenden eine königlich glänzende Ausstrahlung. Die Gläser sind selbsttönend, lässt die Personen, die mit ihr einen Durchblick versuchen und eine klare Sicht erwarten, die Welt in unterschiedlichen Farbtönen sehen. Das variiert von Situation zu Situation. Manchmal sieht man alles Grau in Grau, manchmal in Schwarz. Schwarze Dinge erscheinen grundsätzlich rosarot oder pinkfarben. Die Finesse an diesen Gläsern ist eine Extraportion kleiner eingebauter Risse, Störfelder und dunkler Flecken."

Die böse Fee überlegt. „Dann hat man also beim Durchblick stets einige Störungen und Fehler im Blick, die es in der Realität nicht gibt?"

Dolores kichert. „Genauso ist es. Es sind nämlich immer die Banalitäten, die ernsthaft stören und nerven, gar nicht die großen Dinge. Aber das weißt du ja bestimmt, wenn du lange genug in der Höhle des Drachen sinniert hast."

„Ich habe die Zeit gut genutzt, und da ich schon lange nicht mehr in ein Katzenkostüm geschlüpft bin, habe ich die Zeit nicht mit Fellpflege verbracht. Kurzum, ich brauche für den Kater Jeremias die attraktivste Brille mit den schlimmsten Gläsern, die du herstellen kannst. Und ein paar Dutzend ähnlicher Brillen nehme ich dann für seinen Hofstaat."

Dolores spitzt die Ohren. „Das hört sich nach einem richtig guten Geschäft an. Wie viele handgefertigte Brillen benötigst du? Ich muss sie im Ausland bestellen."

„Sagen wir zunächst einmal vierundzwanzig. Aber ich dachte, du könntest sie mir zu einem Vorzugspreis anbieten? Willst du etwa an mir das große Geld verdienen?! Wir sind doch verwandt."

„Davon sieht man kaum noch etwas", bemerkt die graue Katze kühl. „Bist du etwa in finanziellen Schwierigkeiten? Das kann ich mir gar nicht vorstellen. Schließlich hat dich der Drache vom Ätna bestimmt nicht verhungern lassen."

„Von der mediterranen Küche wird man nicht fett", spricht Nüssli aus Erfahrung. „Also gut, wir werden uns schon einig. Zuletzt hatte mich ja der Drache Polka ganz schön betrogen, als er mir dieses Falschgeld und diesen falschen Schmuck andrehte."

Die graue Katze grinst. „Ich hoffe, du hast inzwischen ein bisschen dazugelernt, sonst nutzen dir auch meine elegantesten Star-Brillen nichts."

„Das lass mal ruhig meine Sorge sein!"
brummelt die böse Fee und wendet sich
ab. „Gib mir Bescheid, wenn ich die Ware
abholen kann!"

Kapitel 5

Federica und Lamina im
Zauberkindergarten

Dr. Timotheus sitzt an der Kasse des
großen Parks und begrüßt die Prinzessin
mit ihrer Begleiterin ehrfürchtig.

Er verbeugt sich vor Federica. „Das ist
eine große Ehre für uns, dass Sie uns nach

so vielen Jahren wieder einmal beehren! Darf ich Ihnen einen Begleiter schicken, der Sie durch alle Anlagen führt, oder möchten Sie sich selbst einmal umsehen?"

„Danke schön, lieber, guter alter Freund!" antwortet die junge Frau. „Es ist schon einige Jahre her, seit wir uns das letzte Mal gesehen haben, und da habe ich noch mit der Schulklasse diesen märchenhaften Ort besucht. Wir müssen heute nicht das förmliche Sie einführen, denn wir kennen uns doch schon seit ewigen Zeiten. Und ich erinnere mich noch sehr gut, dass du uns jedes Mal ein Eis spendiert hast, wenn wir die zauberhaften Anlagen besucht haben. Wir möchten uns einfach nur einmal hier umsehen, meine Freundin und ich. Gibt es denn inzwischen neue Attraktionen?"

Dr. Timotheus nickt eifrig. „Da gibt es den großen Kakteengarten, in den alle Leute hineinspazieren können, die sich gern einmal pieken lassen. Diese Kakteen sind zum Teil mannshoch."

„Das muss nicht unbedingt sein", wehrt Lamina ab. „Sicher sind noch die alten Märchenfiguren da, und auch die lebendigen Skulpturen, nicht wahr."

„Ja, natürlich sind die alten Attraktionen von damals immer noch zu sehen. Sie werden auch regelmäßig gepflegt, damit sie noch ein Weilchen halten. Aber die Jugend von heute ist daran nicht mehr so interessiert. Sie kennen diese alten Märchen kaum noch. Wenn es hochkommt, dann wissen sie noch etwas über Hänsel und Gretel und das Rotkäppchen. Aber bei Märchen wie Rapunzel kommen sie schon langsam ins Schwanken."

„Das ist schade", findet Federica „es gibt zwar auch Märchen, die ich als Kind nicht leiden konnte, aber einen Sinn haben sie alle, und die vielen schönen Märchen möchte ich nicht missen."

„Und was ist jetzt die ganz große Attraktion?" erkundigt sich Lamina.

„Das ist wohl der Frosch Hoppla, der sein Maul wirklich weit aufreißen kann. Vielen Kindern imponiert er, weil er so ungeniert spricht, ohne ein Blatt vor den Mund zu nehmen, und er erzählt die traurigsten Geschichten."

„Den werden wir uns bestimmt einmal anschauen", beschließt die Prinzessin. „Und was gefällt den Kindern daran?"

„Die Geschichten sind so kurios, und er macht dabei solche Grimassen, dass man unweigerlich dazu lachen muss."

Die gute Fee staunt. „Hinter den Sinn der Geschichte blicke ich im Moment gar nicht. Normalerweise gibt es Dinge, die absolut nicht zum Lachen sind, und da muss man auch bei einer ernsten Situation Respekt haben."

„Hoppla ist aber allzu komisch", behauptet Dr. Timotheus. „Er erzählt allen, die es hören oder nicht hören wollen, dass er sich in einen lachenden Smiley verliebt hat."

Federica staunt. „Habe ich richtig gehört? Ein Frosch verliebt sich in einen Smiley?"

Der Doktor nickt. „Ja, in ein pinkfarbenes Smiley-Mädchen, und die Geschichte ist ganz kurios. Er hat sich nämlich in sie verliebt, weil sie so schön lächelt. Aber nun hat er entdeckt, dass sie immer lächelt, und darüber ist er jetzt sehr traurig."

„Jetzt fange ich an, die Geschichte ein wenig zu verstehen", bemerkt die Prinzessin. „Ich hatte gehört, dass hier auch als ganz neue Attraktion ein Haus steht, in dem ein tiefer Ideen-Brunnen steht. Bisher habe ich immer in den

Himmel geschaut und nach den Wolken gesehen, wenn ich nicht mehr weiterwusste. Aber manche Menschen schöpfen auch gern aus der Tiefe des Wassers. Weißt du etwas über diese neue Attraktion."

„Oh ja, natürlich! Dorthin strömen momentan sehr viele Menschen. Dieser Brunnen ist meist sehr umlagert", weiß der Doktor.

„Dann hast du vielleicht auch bemerkt, ob Nüssli in den letzten Tagen hier gewesen ist?" erkundigt sich Lamina.

Er überlegt kurz. „Die böse Fee? Nein die ist mir nicht aufgefallen. Aber leider kann sie ja ihr Äußeres verändern. Ob sie hier in einer Verkleidung den Eingang passiert hat, kann ich nicht mit Sicherheit bejahen oder verneinen. Ist sie etwa wieder im Land?"

„Leider ja", informiert ihn die gute Fee. „Und wir gehen davon aus, dass sie wieder etwas plant, das nicht astrein ist."

Dr. Timotheus seufzt. „Es wäre fatal, wenn sie sich auch jetzt in solche Einrichtungen für Kinder schleichen würde. Ich kann mir allerdings vorstellen, dass in ihrem Kopf so viele böse Gedanken herumtoben, sodass immer wieder ein Gewitter daraus wird."

„Das befürchte ich auch", stimmt ihm die Prinzessin zu. „Dann muss sie vermutlich nicht diesen Brunnen zu Hilfe nehmen. Irgendjemand hatte uns nämlich erzählt, dass der Brunnen auch noch weiter, nach zwei bis drei Tagen ein Echo ausspuckt, wenn man ihn dazu auffordert. Von solch einer Aussage hatten wir uns nämlich eine ganze Menge erhofft."

Dr. Timotheus verzieht das Gesicht und zeigt einen grüblerischen Ausdruck. „Jetzt verstehe ich, was ihr meint. „Ihr habt vermutet, dass diese Nüssli eine Frage in den Brunnen hineinruft, und ihr denkt, dass dort eine ganze Menge technischer Geräte versteckt sind."

Lamina sieht ihn fragend an. „Und ist das etwa nicht so?"

„Das hat man mir nicht verraten. Dieser Park ist natürlich von Künstlern, Handwerkern und Technikern erfunden und aufgebaut worden. Gewiss gibt es da einige Skulpturen, bei denen optische Täuschung oder andere Sinnestäuschungen eine Rolle spielen. Und der Bürgermeister sagte mir auch, dass sehr viel elektronischer Kleinkram nötig war, um alles derart fantastisch zu vollenden. Aber, wenn ihr mich fragt, dann muss ich euch sagen, dass sich hier eine ganze Menge Magie eingenistet hat. Denn gerade in solch einer zauberhaften Kulisse, findet doch alles Märchenhafte ein geeignetes Zuhause."

Lamina stutzt. „Du glaubst also, dass hier so einiges nicht mit rechten Dingen zugeht?"

„Nein, nein! Das meine ich nicht. Es ist alles tadellos hier, extra für die Kinder ohne schädliche Einflussnahme. Aber gerade bei dem Brunnen habe ich ein ganz besonderes Gefühl. Es ist dort alles so magisch wie bei der Brille der Erkenntnis. So gibt es eben auch auf der Erde ganz besondere Orte, an denen sich auch das Gute sammeln kann. Es ist so wie bei den alten Kirchen, in denen viele Menschen mit reiner Seele gebetet haben. Mit der Zeit haben diese Stätten eine besonders heilige Ausstrahlung. Und es gab schon immer murmelnde Quellen."

„So etwas habe ich auch schon oft erfahren", stimmt ihm Lamina zu. „Und der Brunnen ist dann auch so eine besondere Stelle, wie auf den Bergen oben der Ort, an der die Brille der Erkenntnis, dieser verschlungene Baum wächst. Dann hat es also keinen Zweck, an dieses kleine Haus zu gehen und darauf zu hoffen, ob wir etwas über Nüsslis Absichten herausbekommen."

„Nein, denn ich vermute, die böse Fee weiß, dass diese Quelle für böse Kreaturen nicht sprudelt. Nur Menschen mit einer reinen Seele, die Gutes im Schilde führen, können aus ihr schöpfen und Antworten erhalten. Aber wenn ihr schon einmal hier seid, möchtet ihr euch nicht die komischen Geschichten des Frosches Hoppla anhören?"

Federica schenkt ihm einen bedauernden Blick. „Du wirst verstehen, dass wir es eilig haben, weil wir uns ganz auf die momentan notwendigen Dinge konzentrieren. Aber ein anderes Mal werden wir bestimmt wiederkommen und uns die Geschichten des Frosches anhören. Da du nicht wusstest, dass die böse Fee wieder hier in der Gegend ist, bist du vermutlich auch nicht über weitere

Aktionen von ihr informiert, oder?" wendet sie sich an Dr. Timotheus.

„Über ihre aktuellen Vorhaben weiß ich zwar nichts, aber es ist mir ein Ort bekannt, an dem sie sich gern aufhält. Alle wissen, dass sie gern Urlaub am Lago Maggiore macht, aber wenig bekannt sind ein paar andere Orte, die sie mit Vorliebe aufsucht. Da gibt es zum Beispiel im Harz, den Berg, der Brocken heißt, und neuerdings war sie auch mehrere Male im Schwarzwald, in der Gegend des Mummel-Sees. Ein Geheimtipp sind die Druckereien für Geldscheine. Dort wo die Euros in Berlin und Leipzig gedruckt werden, hat sie sich früher gern aufgehalten."

Lamina staunt. „Was hat sie denn da gemacht?"

Der freundliche Mann schmunzelt. „Sie liebte den Geruch des frischen Geldes und hat sich ab zu dort blicken lassen. Ich kann ihre Leidenschaft für diese Besuche nicht nachvollziehen. Mir ist die frische Bergluft lieber."

Die Prinzessin seufzt. „Ja, die Geschmäcker sind verschieden. Aber ich glaube nicht, dass sie im Moment dort ist. Nach einer so langen Ruhepause möchte sie bestimmt konkret planen und aktiv werden, so, wie es bisher immer war. Meinst du, es hat Sinn, ihre Cousine am Lago Maggiore aufzusuchen."

„Ach, die ist immer missmutig und schlecht gelaunt. Da möchte sich niemand gern aufhalten, der in der Welt weiterkommen möchte. Die Welt ist doch so groß, Nüssli kann an vielen Orten sein. Ich schlage euch vor, erst einmal abzuwarten und dabei eben sehr vorsichtig zu sein."

Federica nickt. „Ich glaube, etwas anderes bleibt uns jetzt nichts übrig. Aber wenn du etwas hörst, dann melde dich bitte, und wir werden uns auch von Zeit zu Zeit sehen lassen. Und auf die Geschichte des Frosches kommen wir sicher noch einmal zurück."

Die beiden Frauen verlassen das Gelände des Märchenparks und wandern zum Schloss zurück.

Kapitel 6

Jorge hat eine Idee

Als Federica und Lamina ins Schloss zurückkehren, erwartet sie der Zwerg Jorge mit einem strahlenden Gesicht.

„Meine Freunde haben eine Superidee in die Tat umgesetzt!" platzt er los.

Die Prinzessin sieht ihn erwartungsvoll an. „Das hört sich nach einer großen Überraschung an. Darf ich sie auch erfahren?"

Der Zwerg lächelt. „Natürlich. Schließlich haben es die Zwerge und ich für dich so organisiert, damit du wenigsten hier am Schloss vor der bösen Fee sicher bist."

„Nun mach es nicht so spannend!" drängelt Lamina.

„Ein paar meiner Freunde aus den Nachbarländern haben Urlaub", beginnt Jorge. „Diese hübschen kleinen Zwerge haben sich in der Kleiderkammer des Stadttheaters bunte Kostüme geliehen und stehen jetzt als Gartenzwerge im ganzen Schlossgarten herum. Sie sehen aus wie Figuren aus einem festen Material und sind von ihren leblosen Brüdern nicht zu unterscheiden. Sie sind sehr wachsam und feinfühlig, also die besten Wachsoldaten, die man sich vorstellen kann."

Federica staunt. „Das hört sich sehr beruhigend an. Aber deine lieben kleinen Freunde werden doch bestimmt müde, wenn sie da so stocksteif herumstehen. Ist das nicht furchtbar anstrengend?"

„Oh nein! In dieser Haltung schlafen sie auch, es ist so eine Art Meditation, bei der sie allerdings ihr inneres Frühwarnsystem noch mehr in Aktion bringen. Von nun an bist du hier im Schloss ziemlich sicher, sogar vor der verkleideten Nüssli, denn diese Truppe hier ist nicht nur hochsensibel, sondern auch speziell dafür ausgebildet, böse Energien zu spüren."

„Das war eine großartige Idee von dir", findet Federica. „Allerdings werden deine Freunde nicht allzu sehr strapaziert werden. Ich fahre morgen schon wieder nach Venedig, um mit meiner Ausbildung fortzufahren. Möchten die Zwerge dann trotzdem hier im Garten stehen bleiben? Vielleicht machen sie einfach mal Urlaub und freuen sich in dem Staat, der jetzt in doppelter Bedeutung ein Zwergstaat geworden ist."

„Sie haben Urlaub, vermutlich bleiben sie gern hier. Ob sie allerdings trotzdem hier den ganzen Tag Wache stehen wollen, das können sie sich dann überlegen. Aber wer beschützt dich denn jetzt in dem schönen Italien?"

„Ich werde dieses Mal ganz allein reisen, weil ich nach all diesen vergeblichen Bemühungen, hinter Nüsslis Pläne zu kommen, der Meinung bin, dass ich mich allein schützen muss. Ich will nicht mein ganzes Leben lang Beschützer um mich herum sehen."

Jorge erschrickt. „Ja, ich habe hier den Gästen ein Seminar versprochen und Lamina muss sich hier einer komplizierten

Zahnbehandlung stellen. Aber kannst du denn keinen anderen Wachschutz mitnehmen, gerade jetzt zu der Zeit, in der die böse Fee sicherlich energetisch hochgeladen nach Rache sinnt?"

Die Prinzessin lächelt. „Ja, ich glaube gern, dass sie nach ihrer Arrestzeit im Ätna energetisch geladen ist wie dieser Vulkan. Aber mit Rache kommt sie auch nicht weiter, und ich denke, dass sie einfach nach neuen Machtspielen Ausschau hält."

Der kleine Zwerg seufzt. „Es ist mir nicht wohl bei dem Gedanken, dich allein in Venedig zu sehen."

„So ganz allein werde ich nicht sein", erklärt Federica. „Am Wochenende besucht mich Mario, und erst neulich habe ich Giorgio getroffen, den netten jungen Italiener, den ich in Venedig kennengelernt habe. Er wohnt dort ganz in meiner Nähe und kann sicher ab und zu einmal nach mir schauen."

„Wird dein Mario da nicht eifersüchtig?" erkundigt sich Jorge besorgt.

„Er ist noch ganz jung, gerade erst aus den letzten Kinderschuhen herausgewachsen, und einfach nur ein guter Freund und ein Kommilitone von mir. Mario kennt ihn auch, die beiden haben schon einmal zusammen musiziert. Es ist also alles völlig harmlos. Und wir haben uns auch ein Geheim-Wort ausgedacht, damit wir gegenseitig erkennen, ob wir es auch wirklich sind. Es könnte ja sonst vielleicht Nüssli wieder einmal eine andere Gestalt angenommen haben. Das scheint eines ihrer Hobbys zu sein."

Der Zwerg nickt. „Deswegen habe ich meinen Zwergen-Freunden auch gesagt, dass sie nicht auf das Äußere achten sollen, sondern sich ganz auf die energetische Ausstrahlung zu konzentrieren haben."

„Das war sehr umsichtig von dir", findet die Prinzessin. „Dann kann ich mich heute beruhigt in mein Schlafzimmer zurückziehen und schlafen gehen. Unter dem Schutz deiner lieben Freunde bin ich also heute auf jeden Fall ganz sicher. Was habe ich doch für gute Freunde!"

Jorge freut sich über das Lob. „Für gute Freunde muss man auch bereit sein, liebe Federica. Du hast sie jedenfalls verdient."

Lamina lacht. „Bevor wir jetzt hier allzu sentimental werden, wechsle ich zu einem anderen Thema und erinnere euch daran, dass es Zeit zum Abendessen ist. Schließlich braucht der Körper auch ein bisschen was Gutes. Ich habe nämlich gehört, dass heute Spaghetti -Tag ist."

Kapitel 7

Neue und alte Freunde

Als Federica im Zug sitzt und von Mestre zur Lagune fährt, liegt die Serenissima im blendenden Licht des Sommervormittags und spiegelt sich in Wasser.

Wie jedes Mal, wenn die Prinzessin nach Venedig fährt, bestaunt sie diesen Anblick. Das ältere Ehepaar, das mit ihr im Abteil sitzt, fotografiert dieses zauberhafte Panorama und schwelgt in bewundernden Ausdrücken.

„Ist das nicht ein lebendiges Märchen?! Ich bin übrigens Mary", stellt sich die Fremde vor. „Mein Lebensgefährte Johnny und ich erfüllen uns gerade einen

Lebenstraum. Venedig! Ist das nicht eine bezaubernde Stadt?!"

Federica nickt und ihre Augen leuchten. „Immer wieder zieht mich dieser Anblick in den Bann", bekennt sie. „Diese Stadt ist wie ein Märchen, und man hat das Gefühl, dass in ihr auch alle Märchen wahr werden. Ich selbst habe hier meinen Freund kennengelernt, auf einem dieser romantischen Plätze."

„Ach, wie reizend! Wie schön für dich!" freut sich Mary. „Ausgerechnet hier, an diesem romantischen Ort! Ist es ein Italiener?"

„Nein, ein Franzose, aber er trägt den hübschen Namen Mario, den es auch oft in Italien gibt. Seine Großmutter war Italienerin, und ich glaube, auch ihn zieht es immer wieder hierher."

„Dann wirst du dich hier mit ihm treffen?" fragt Mary und bietet ihr einen Apfel an.

Die Prinzessin lehnt dankend ab. „Ganz lieb von dir, aber danke, nein! Ich bin gleich mit einem guten Freund zum Essen verabredet, da möchte ich etwas Platz im Magen lassen. Leider sehen wir uns nur am Wochenende, Mario und ich, denn er studiert in Paris."

Die Engländerin lächelt. „Die Wochenendpartnerschaften funktionieren oft am besten. Wir sind auch erst seit kurzer Zeit Rentner und müssen uns erst daran gewöhnen, dass wir viel zusammen sind. Der Mensch ist eben ein Individuum, das sollte man bei einer Partnerschaft nicht unterschätzen."

Federica lächelt. „Ja, wenn man jung ist, dann träumt man von einer Partnerschaft und ganz stabilen Gefühlen in der Liebe. Aber offensichtlich muss man diese Gefühle wie ein rohes Ei behandeln."

„Dafür kann man etwas tun", weiß Mary. Sie unterbricht sich. „Oh! Wir fahren gerade in den Bahnhof Santa Lucia ein. Dann müssen wir uns jetzt wohl verabschieden."

Die Neugier der Prinzessin ist geweckt. „Vielleicht sehen wir uns noch einmal in der Serenissima. Seid ihr länger hier?"

„Nur eine einzige Woche. Der Aufenthalt ist ja nicht gerade billig, und wir haben eine ganze Weile für diese Reise gespart. Da werden wir natürlich jede Minute ausnutzen und versuchen, möglichst viele Eindrücke mitzunehmen."

Der Zug hält, und die Engländerin fährt fort. „Wir können gern einmal einen Espresso zusammen trinken, wahrscheinlich kannst du uns ein paar gute Tipps bezüglich der Sehenswürdigkeiten geben. Schließlich ist eine Woche keine lange Zeit, sicherlich muss man da Prioritäten setzen." Sie reicht Federica eine Visitenkarte, auf die in verschlungener Schreibschrift der Name

„Mary Gray" steht. „Wir sind in der „Pensione Seguso", und wenn du Zeit hast, kannst du uns gern dort einmal besuchen. Und falls du Zeit hast, möglichst bald, denn am letzten Tag unseres Urlaubs werden sich unsere Gedanken vermutlich schon wieder mit Abschied beschäftigen."

„Wenn du magst, komme ich gleich morgen Vormittag vorbei. Da habe ich zwei Freistunden und kann dich kurz aufsuchen. Das Hotel kenne ich übrigens gut, dort haben schon einige meiner Bekannten übernachtet, es ist gemütlich und doch stilvoll eingerichtet. Ihr werdet euch dort wohlfühlen."

„Ich freue mich. Bis morgen also!" Mary und Johnny verabschieden sich, bemächtigen sich ihres Gepäcks und streben dem Ausgang zu. Kurze Zeit darauf sind die beiden in der Menschenmenge verschwunden.

Federica horcht in sich hinein. Droht von dieser Frau irgendeine Gefahr? Kann sie Nüssli sein, die eine andere Gestalt angenommen hat? Ist Mary vielleicht eine Freundin der bösen Fee?

Ihr Inneres weiß darauf keine Antwort, und so fragt sie ihren Verstand. Warum sollte sich Nüssli in eine solch nette Frau verwandeln? War sie nicht gerade noch am Lago Maggiore gesehen worden? Was sollte sie also jetzt hier in Venedig wollen? Bei einem so netten älteren Ehepaar konnte es sich unmöglich um die böse Fee und einen Komplizen handeln. Nicht jeder Tourist, der nach Venedig kam, konnte mit dieser Hexe eine Verbindung haben.

Die Prinzessin beschließt für sich, weniger misstrauisch zu sein und sich von Vorurteilen und Ängsten zu befreien. Es gab doch so viele Menschen, sogar unzählige Prinzessinnen. Warum sollte ausgerechnet sie wieder im Visier der bösen Fee stehen?!

Federica schlendert durch die Gassen bis zum Campo Santa Margherita. Schmale Gassen scheinen sie zu begrüßen, Leinen mit frisch gewaschener Wäsche sehen aus wie Girlanden mit Fahnen.

Am Campo wartet Giorgio bereits auf sie und begrüßt sie mit einer herzlichen Umarmung. „Hier war übrigens eben auch ein Namensvetter von mir, der dich ebenfalls kennt", bemerkt er. „Er behauptet sogar, schon einmal mit dir hier getanzt zu haben."

Sie lächelt. „Tatsächlich kann ich mich auch noch gut daran erinnern. Das ist ein Jahr her, und ich fühlte mich an diesem Tag sehr befreit, weil mich meine Eltern aus einer großen Pflicht entlassen haben, die mein Leben erst einmal sehr eingeschränkt hätte. Seitdem habe ich gelernt, auch für mich und für die Entwicklung meiner Ausbildung zu sorgen."

Giorgio seufzt ein wenig. „Ja, manchmal muss man im Leben erst lernen, für sich gut zu sorgen. Aber mit unserer musikalischen Ausbildung können wir vielen Menschen auf der Welt nicht nur Freude machen, sondern auch helfen. Mit diesem Motiv gestattet man sich dann doch mehr Fürsorge der eigenen Person."

„Man muss sowieso seine Lebenszeit sehr gut nutzen", findet die Prinzessin und erinnert sich an das englische Paar. „Ich habe eben zwei nette Reisende im Zug kennengelernt, die haben ihr ganzes Leben lang von einer Venedig-Reise geträumt, und jetzt im Alter haben sie sich diesen Traum erfüllt."

„Es ist gut, Träume und Wünsche zu haben", findet Giorgio. „Dieser Wunschtraum war für die beiden sicher ein Ziel, das sie auch gemeinsam mit den Hoffnungen motiviert hat."

Federica nickt zustimmend. „Deine Ziele kenne ich mittlerweile, du möchtest genau wie ich, Kindern die Musik nahebringen und sie auch therapieren. Ich denke, wir haben lohnende Ziele."

„Dafür lohnt sich auch ein langes Studium", stellt er fest. „Aber jetzt spendiere ich dir erst einmal einen „Cafe coretto"."

„Spendieren, ja. Aber bitte ohne Alkohol. Es ist noch früh am Tag, und die Hitze tut ihr Übriges. Ich bin sehr froh, dass es hier nicht so drückend ist wie in anderen Gegenden auf der Welt, die Hitze kann man hier besser ertragen."

„Die gute Meeresluft ist ein Segen", weiß er. „Und der duftende Kaffee hier ebenfalls." Er eilt in die Bar und bestellt die Getränke.

Kapitel 8

Beim Kuschelkater Jeremias

Die junge Frau sieht den großen Kater betrübt an. „Ich weiß bei Dina wirklich nicht mehr weiter. Sie fasst einfach kein Zutrauen zu dir, Jeremias."

Der Kuschelkater lächelt sanft. „Du musst einfach nur Geduld haben, liebe Helga! Bis jetzt hast du im Kinderkrankenhaus als Krankenschwester gearbeitet, da konntest du sehen, wie die Kleinen durch Medikamente unter deiner Betreuung gesund worden. Hier geht es um die Psyche der Kinder. Bei derartigen Störungen muss man wesentlich mehr Geduld haben."

„Aber Dina ist doch jetzt schon ewig hier", findet Helga. „Zwei Wochen sind eine lange Zeit, und bis jetzt hat sie es immer noch nicht gewagt, dir das Fell zu kraulen. Die anderen Kinder hier sind viel mutiger und freuen sich, wenn sie dein seidiges Haar fühlen."

Jeremias seufzt und berichtet: „Das kleine Mädchen hat nie gelernt, sich jemandem anzuvertrauen. Sie weiß gar nicht, wie das ist, wenn man sich kuschelt. Es wird eine Zeit dauern, bis sie sich öffnet und an die gute Umgebung gewöhnt."

„Dann hatte sie es bestimmt sehr schlecht in ihrem Elternhaus", vermutet die junge Frau.

Der Kater betrachtet das kleine Mädchen, das im Sandkasten sitzt und ein tiefes

Loch ausgräbt. „Sie hat zum Glück keine bösen Eltern, die ihr absichtlich weh tun. Aber Mutter und Vater sind sehr arm, und die Kleine kam schon sehr früh in eine Kindertagesstätte, in der Kinder verwahrt wurden. Und wie das so heute in vielen Einrichtungen ist, gab es auch dort zu wenig Personal. Man fütterte die Kleinen, gab ihnen zu essen und zu trinken, machte sie frisch und sorgte dafür, dass ihnen nichts Schlimmes passierte. Aber niemand hatte Zeit, um mit den Kindern zu kuscheln. Dina ist jetzt vier Jahre alt, und man muss sie erst ganz langsam an eine solche körperliche Nähe gewöhnen."

„Dann hat sie eine ganze Menge Nachholbedarf", überlegt Helga. „Immerhin darf ich sie schon anfassen."

„Das ist schon ein großer Fortschritt", findet Jeremias. „Wir dürfen sie nicht verschrecken. Es ist ganz wichtig, dass wir sie mit kleinen Schritten an uns und an Zärtlichkeiten gewöhnen."

„Bei den anderen Kindern, die hier momentan bei uns wohnen, ist es etwas schneller gegangen", bemerkt sie. „Sie wollten gern mit Katzen kuscheln. Aber viele besuchen auch lieber den großen Hund oder den riesigen Kuschelbären, das weiß ich von einer Freundin."

„In der Regel lässt man die Kinder selbst aussuchen, mit welchem Tier sie spielen wollen. Sie haben ihre eigenen Vorlieben. Bei Dina war es die Großmutter, die das Gefühl hatte, das kleine Mädchen würde sich hier bei uns sehr wohl fühlen. Die Kleine selbst hat gar nichts dazu gesagt."

„Sie will auch noch nicht viel spielen", berichtet die Kinderschwester. „Meist zerstört sie alles sehr schnell wieder, und am Anfang hat sie sogar die Sandburgen der anderen Kinder zerstört."

„Leider hören diese Kinder gar nicht damit auf, wenn man nicht schon in der Kindheit an ihrer Erziehung arbeitet. Daraus werden dann auch die Erwachsenen, die nicht mit ihren Gefühlen umgehen können und vieles zerstören, um auf ihre Art und Weise Aufmerksamkeit zu erlangen. Mit diesen zerstörerischen Handlungen betteln sie eigentlich um die Liebe, die sie nie so empfangen haben, so, wie es notwendig gewesen wäre."

„Das ist sehr traurig", findet Helga. „Aber es ist gut, dass es solche Kuschelkater wie dich gibt. So kann man doch noch wieder einiges korrigieren."

In diesem Augenblick klingelt es an der Pforte.

„Erwartest du Besuch?" erkundigt sich die junge Frau.

Jeremias nickt. „Eine sehr musikalische Frau wird uns gleich besuchen. Sie befindet sich gerade in der Ausbildung zur Musiktherapeutin, und ich habe schon lange jemanden gesucht, der die Kinder ein bisschen auf musikalische Art und Weise unterstützt."

„Dann will ich sie einmal hereinlassen", antwortete sie, geht zur Gartentür und öffnet sie.

Ihr Gast tritt ein und stellt sich vor. „Guten Tag! Ich bin Federica und werde vom Kuschelkater erwartet."

Helga lächelt. „Mein Chef hat mir schon gerade von dir erzählt. Ich kann mir gut vorstellen, dass du unsere Kinder hier mit Musik unterhalten und aufmuntern kannst, bitte komm herein!"

Die Prinzessin folgt ihrer Einladung. „Ich habe meine Ausbildung zwar noch nicht abgeschlossen, aber ich denke, man kann auch ohne Diplom Kindern mit Musik sehr viel seelische Unterstützung geben."

Die Kinderschwester führt Federica zu Jeremias, der ebenfalls seinen Gast sehr freundlich begrüßt. „Ich freue mich sehr, dass du zu mir gefunden hast. Denn ich habe schon lange nach jemandem gesucht, der Kinder mag und musikalische Talente hat. Wenn du außerdem noch pädagogische Fähigkeiten besitzt, bin ich rundherum glücklich."

„Aber ich habe meine Ausbildung noch nicht beendet", gesteht die Prinzessin. „Ich habe deswegen auch noch nicht allzu viel Zeit, vielleicht einen Tag in der Woche und ein paar Stunden am Wochenende."

„Jede Stunde, die du für uns Zeit hast, ist ein Geschenk für die Kinder. Und möglicherweise bist du ja auch eines Tages fertig mit deiner Ausbildung. Dann könntest du vielleicht mehr Zeit für uns freimachen. Aber bis jetzt sind wir für jede Minute dankbar, die uns jemand mit Musik beschenkt."

„Dann kann ich wohl ein bisschen Hilfe anbieten", überlegt Federica. „Sind hier alle Kinder so klein wie die dort drüben im Sandkasten?"

Jeremias schüttelt den Kopf. „Nein, hier in dieser Anlage sind nur die kleinen Kinder, die größeren sind in einem Bauernhof weiter im Norden, und die Erwachsenen haben ein Zuhause in den Bergen."

Die Prinzessin staunt. „Ihr habt auch eine Kuschelstation für Erwachsene?"

„Natürlich, und dort befinden sich auch die meisten Menschen. Manche von ihnen haben das Kuscheln verlernt, und manche haben es nie erfahren. Da gibt es sehr traurige Fälle. Aber jetzt musst du mir einmal verraten, wer dir von unserer Einrichtung erzählt hat?"

„Das war eine Engländerin, sie heißt Mary Gray, eine ältere Dame aus England. Sie macht gerade mit ihrem Mann eine Woche Urlaub in Venedig und hat mir von dieser Einrichtung erzählt. Sie sagte mir auch, dass es diese Kuschelstationen inzwischen überall auf der ganzen Welt gibt, und dass man sogar den Eindruck hat, seitdem seien viele Menschen etwas netter zueinander."

Jeremias schmunzelt. „So weit sind wir leider noch nicht, aber das ist unser Ziel. Allerdings kenne ich diese Mary Gray überhaupt nicht. Das hat allerdings nichts zu bedeuten, denn es gibt viele Menschen, die mich kennen, während sie mir unbekannt sind. Auf jeden Fall ist es sehr lobenswert von ihr, dir von uns zu erzählen,"

Federica hebt die Augenbrauen. „Ach, und ich hatte tatsächlich angenommen, dass es sich um eine Bekannte von dir handelt. Sie hat nämlich in höchsten Tönen von dieser Einrichtung gesprochen und alle Beteiligten außerordentlich gelobt."

„Wie erfreulich! Diese Dame würde ich natürlich auch sehr gern kennenlernen. Denn wenn sie überall für uns Werbung macht, können wir mit mehr Erfolg rechnen. Wann und wo hast du denn diese Mary kennengelernt?"

„Das war vorgestern im Zug, gerade, als wir in die Lagune einfuhren, da haben wir eine Unterhaltung begonnen. Tatsächlich saßen wir schon eine ganze Zeit lang gemeinsam in einem Abteil. Aber ich habe gelesen und diese Dame hat ein Nickerchen gemacht. Dadurch ist die Unterhaltung dann wohl erst am Ende der Zugfahrt zustande gekommen."

„Was weißt du denn über diese Mary? Könnte sie vielleicht werbemäßig für uns tätig werden?"

„Darüber kann ich nichts sagen. Sie hatte mich in ihre Pension eingeladen, und dort habe ich sie gestern besucht. Wir hatten beide nur Zeit, um gemeinsam einen Espresso zu trinken. Im Zug haben wir eigentlich kurz über das Thema Partnerschaft gesprochen, und sie meinte, man könne einiges tun, um sie zu verbessern. Ich fragte sie dann gestern, ob sie vielleicht eine Paartherapie meinte, als sie diese Bemerkung von sich gab. Das verneinte sie und sprach von einer Vorsorge für jeden Menschen, die schon im Kindesalter wirksam sei. Dann kam sie ziemlich schnell zur Sache und schwärmte mir von der Einrichtung vor, in der man den kleinen Menschen das Kuscheln zeigt."

Der Kater überlegt. „Vielleicht ist sie Lehrerin oder eine Sozialarbeiterin. Vielleicht hat sie aber auch selbst irgendeine Person in eine dieser Einrichtungen geschickt und gute Erfahrungen gemacht. Wir haben nämlich weltweit viele Erfolge zu verbuchen, die Rückmeldungen sind überaus positiv."

„Das kann ich mir gut vorstellen", findet Federica. „Jeder Mensch möchte doch gern lebensfähig sein, und dazu gehört, dass er sich selbst und andere lieben kann."

„Du bringst es auf den Punkt", antwortet Kuschelkater. „Hier haben wir also diesen schönen Ferienhof mit einem riesigen Garten und großen Spielplätzen, drinnen haben wir auch alles, was das Kinderherz begehrt. Aber das Wichtigste sind die lieben Betreuerinnen, die sich ganz herzlich um die Kleinen kümmern. Mit mir dürfen die Kinder dann kuscheln, aber auch mit anderen Tieren und natürlich auch mit sich untereinander, wenn sie dann so weit sind, dass sie keine Ängste mehr davor haben."

„Das gefällt mir sehr. Da komme ich gern und bringe etwas Musik mit. Am Wochenende trifft auch mein Freund in Venedig ein, ich denke, er hat ebenfalls Lust, mit Kindern zu arbeiten und sie zu erfreuen. Ja, es ist schon ein besonderes Geschenk, wenn man den Kindern die Musik näherbringen kann."

„Musik ist nicht nur Balsam für die Seele, sie öffnet auch die Herzen, bringt Menschen zueinander und zu sich selbst. Und letztendlich verbindet sie uns auch mit allem Himmlischen."

Die Prinzessin nickt bedächtig. „Das ist wahr. Dann können wir gern einmal etwas vereinbaren. Ein paar Stunden in der Woche könnte ich schon einmal für die Kinder freischaufeln."

„Da bin ich dir aber sehr dankbar!" freut sich Jeremias. „Sage bitte dieser Mary ganz liebe Grüße! Vielleicht schreibt sie mir einmal oder meldet sich auf irgendeine Art und Weise, dann kann ich mich wenigstens bei ihr bedanken. Möglicherweise können wir einen Kontakt herstellen und miteinander arbeiten."

Federica nickt. „Ich werde es ihr ausrichten."

„Möchtest du dir jetzt noch diese Einrichtung anschauen, vielleicht einige Kinder kennen lernen?"

„Das mach ich dann gern beim nächsten Mal, denn heute habe ich mir nur kurz Zeit genommen, um mich einmal vorzustellen und nachzuschauen, ob die ganze Sache seine Richtigkeit hat. Aber das habe ich inzwischen auch schon beim Amt herausgefunden. Diese Einrichtungen sind wirklich zu einer großen, hilfreichen Organisation geworden und werden sogar subventioniert. Und von der Liebenswürdigkeit des Leiters konnte ich mich ja nun selbst überzeugen."

Der Kuschelkater lächelt. „Das sind aber sehr schöne Komplimente, und ich freue mich schon sehr auf unsere Zusammenarbeit. Viel Erfolg weiter bei deiner Ausbildung, und ich hoffe, dass du nun durch diese neue Arbeit nicht allzu viel Stress hast!"

„Diese Arbeit hier wird mir genauso viel Freude machen, wie ich es schon geahnt habe, denn Musik ist meine große Liebe, und für Kinder möchte ich auch gern viel tun. Es ensteht bei dieser Arbeit sogenannter positiver Stress, der mir nicht schaden wird."

„Das freut mich!" antwortet Jeremias und umarmt die Prinzessin zum Abschied mit seinen großen Pfoten. Die Prinzessin spürt sein kuschelweiches Fell und kann sich vorstellen, dass sich die Kinder bei ihm wohlfühlen.

Helga führt Federica zum Gartentor. „Auch ich finde dich sehr sympathisch", gesteht die Kinderschwester. „Ich denke, wir werden ein gutes Team sein."

Die junge Frau scheut sich nicht, die neue Bekannte zum Abschied in den Arm zu nehmen.

Kapitel 9

Lamina und der Frosch Hoppla

Der Frosch nimmt seine Lesebrille ab und begrüßt die gute Fee. „Dr. Timotheus hat dich schon angekündigt, und ich habe mir extra Zeit für dich genommen. Was kann ich also für dich tun?"

„Ich will nicht lange um den heißen Brei herumreden, lieber Hoppla! Es geht um die besonderen Einrichtungen des Kuschelkaters, von denen du vielleicht schon gehört hast."

Er überlegt einen Augenblick. „Richtig, jetzt erinnere ich mich. Das ist doch die weltweite Einrichtung für Kinder und Erwachsene, die Traumata zu verarbeiten haben oder zu wenig gekuschelt wurden, nicht wahr?"

Lamina nickt eifrig. „Genau davon spreche ich. Die Prinzessin und ich, wir haben nämlich ein langes telefonisches Gespräch geführt, bei dem sie mir diese Einrichtung ans Herz gelegt hat. Sie hat sich gestern persönlich davon überzeugt, dass der Chef, der Kuschelkater Jeremias ein spontaner Mensch ist, der für Neuigkeiten ein offenes Ohr hat. Sie selbst wird bei ihm demnächst die Kinder mit Musik erfreuen und sie ein bisschen therapieren."

„Das hört sich alles ganz gut an, aber ich weiß nicht, was ich dazu tun kann. Ich bin nämlich vollkommen unmusikalisch und wage es nicht einmal, laut zu quaken."

„Es geht diesmal auch gar nicht um die Musik", verrät die gute Fee. „Es geht um die Beschäftigung mit den Kindern. Jeremias bietet ihnen dort eine ganze Menge guter Beschäftigungen, die Kinderschwestern kümmern sich um jedes Kind einzeln, versorgen sie und spielen mit ihnen. Einige Lehrer unterrichten die Kleinen."

„Das ist doch sehr schön", bemerkt der Frosch.

„Ja, das finden wir auch, und nun will ich schnell zur Sache kommen. Es geht um dich und deine Erzählungen. Wir wissen von Dr. Timotheus, dass du die Kinder mit traurigen Geschichten zum Lachen bringst. Darüber hätte ich jetzt gern mehr von dir gewusst, denn wir hatten die Idee, dich zu fragen, ob du nicht einmal in deiner freien Zeit die Kinder dort besuchen könntest, um ihnen einige von deinen Geschichten zu erzählen."

Hoppla stöhnt. „Das war aber jetzt ein schrecklich langer Satz von dir. Ich glaube nicht, dass du ein guter Ersatz für mich wärst. Kurze Sätze prägen sich besser ein, sind für Kinder und Erwachsene viel netter und unterhaltsamer als so schrecklich lange Schachtelsätze."

Die gute Fee lächelt. „Es tut mir leid, wenn ich dein Sprachgefühl verletzt habe. Vermutlich bist du doch sehr musikalisch und hörst die Worte und Sätze wie Töne. Denn da gibt es auch eine ganze Menge von Melodien. Denk nur an all die Reime und Gedichte, mit denen man die Seelen erfreuen kann."

Der Frosch hüstelt verlegen. „Möglicherweise hast du recht. Aber in der ganzen Sache sehe ich noch keinen Sinn. Ich bin sehr dafür, dass man diese Kinder unterhält und ihnen auch Seelennahrung zum Futter gibt. Aber meine Geschichten sind doch sehr traurig. Meinst du nicht, dass diese Kinder in ihren

Erfahrungen schon genug Traurigkeiten mit sich herumtragen?"

„Das ist es ja gerade, was uns nachdenklich gemacht hat", teilt ihm Lamina mit. „Da gibt es nämlich mehrere Aspekte, die uns sagten, deine Geschichten können den Kindern helfen."

Hopplas Augen werden groß. Er klappt die Lider ein paar Mal auf und zu. „Die wirst du mir sicher jetzt verraten, oder? Ich bin sehr neugierig."

Die gute Fee holt noch einmal aus. „Es geht nämlich darum: Wenn die Kinder erfahren, dass sie mit ihrer Traurigkeit nicht allein dastehen, können sie sich besser für eine Gemeinschaft öffnen. Sie glauben nämlich, dass sie einsam sind, weil alle um sie herum fröhlich sind und deswegen fühlen sie sich als Außenseiter. Mit deinen traurigen Geschichten erfahren sie, dass sie nicht allein sind mit ihren Schmerzen, und wenn sie sich nicht mehr allein fühlen, dann öffnen sie vielleicht ihre Gefühle, um auch all die Menschen um sie herum zu sehen, die ihnen helfen wollen. In den traurigen Geschichten können sie sich außerdem möglicherweise auch selbst wiederfinden, dann haben sie die Möglichkeit über ihre eigenen Erlebnisse zu weinen, während sie über die traurigen Dinge in der Geschichte weinen. Dann trauen sie sich bestimmt, die Traurigkeit herauszulassen. Ist das nicht eine gute Idee?"

Der Frosch atmet tief und springt einmal in die Luft. Als er wieder auf dem Boden landet, fährt er fort. „Das musste ich jetzt tatsächlich erst einmal runterschlucken, um es richtig zu verdauen. Aber ich fange an, ein wenig durchzublicken. Da gibt es nur ein Problem. Die Kinder, die mich bisher hier besucht haben, lachen immer über meine traurigen Geschichten."

Die gute Fee überlegt kurz. „Das mag zwei Gründe haben. Vielleicht erzählst du sie auf eine so lustige Art und Weise, dass die Kinder darüber lachen müssen. Vielleicht sind es aber auch bisher alles Kinder gewesen, die keine verborgene Trauer in sich tragen. Dann haben sie keinen Grund, ihre eigenen Tränen zu zeigen. Allerdings gebe ich zu bedenken, dass es auch mitleidige Kinder gibt, die schon Tränen vergießen würden, wenn du die Geschichten mit einem gewissen Ernst vorträgst. Und du, du hast doch bestimmt dazu auch eine Meinung. Warum lachen die Kinder bei den traurigen Geschichten?"

Hoppla schließt die Augen und überlegt. „Vielleicht liegt es gar nicht an der Art, wie ich die Geschichten vortrage. Möglicherweise ist es, weil ich ein Frosch bin. Vielleicht finden es die Menschen komisch, dass sich ein Frosch mit ihren Geschichten beschäftigt. Auf jeden Fall werde ich darüber noch einmal nachdenken."

„Und wirst du uns helfen? Wirst du bei den Kindern Märchen erzählen?"

„Ja, ich werde mich auch dort einsetzen, aber vermutlich erzähle ich dann andere Geschichten, vielleicht denke ich mir für diese Kinder ganz besondere Märchen aus, Märchen, die ihre Seelen heilen können."

Lamina strahlt. „Das ist optimal! Federica wird begeistert sein. Danke dir, lieber Hoppla!"

Einen kurzen Moment lang ist sie versucht, ihn zu umarmen, aber sie ist sich nicht sicher, ob das bei Fröschen so üblich ist.

Der grüne Freund löst das Problem auf seine Weise. Er küsst die Fee auf die Stirn. „Das wird dir Glück bringen", sagt er vergnügt. „War es dir unangenehm?"

„Überhaupt nicht", antwortet Lamina mit Überzeugung. „Es wird nicht jeder von einem Frosch geküsst, und ich habe jetzt die Erfahrung gemacht, dass es sich durchaus lohnt, es einmal zu probieren."

Kapitel 10

Federica und die Engländerin

Die Prinzessin sitzt mit Mary an einem der vorderen Tische des großen Straßencafés auf dem Markusplatz, hinter ihnen spielt ein junger Mann auf dem Piano die Ungarische Rhapsodie.

Frau Gray lächelt ihr Gegenüber an. „Eigentlich ist dieses Café zu teuer für unsere Reisekasse, aber ich habe dich extra hierhin eingeladen, um dir etwas Besonderes zu bieten. Schließlich möchte ich dir meine Dankbarkeit zeigen. Ich bin so froh, dass du dich zu Jeremias begeben hast, und ihm sogar deine Zeit und deine Hilfe schenkst."

Die junge Frau lächelt zurück. „Ich bin auch froh, dass ich ihm helfen kann, vor allen Dingen freue ich mich für die Kinder. Wie hast du eigentlich von ihm und seinen Einrichtungen erfahren?"

„Die gibt es auch bei uns in England, und glücklicherweise berichtet auch einmal die Presse über solche Dinge. Ansonsten holt sie sich die Aufmerksamkeit der Leser lieber über Katastrophen und Chaoszustände."

„Das ist leider so", stimmt ihr Federica zu. „Und deswegen ist es gut, wenn man diese guten Nachrichten selbst verbreitet. Möchtest du diesen Jeremias auch einmal besuchen, ich bin sicher er würde dich gern einmal kennen lernen."

Mary zögert. „Das würde ich rasend gern, aber ich denke, damit wäre mein Ehemann nicht zufrieden. Wir sind nur wenige Tage in Venedig, und die möchte er natürlich mit mir verbringen."

Die Prinzessin rührt mit dem winzigen Löffel in ihrer Cappuccino-Tasse. „Verständlich! Falls du einen Besuch bei ihm während dieser Reise nicht mehr schaffst, kann ich ihm Grüße von dir bestellen. Das ist dir doch sicher recht?!"

„Aber natürlich, gern. Und wenn ich dich damit nicht überfordere, hätte ich noch eine zusätzliche Bitte an dich."

Eine Taube fliegt auf ihren Tisch, Federica hat Spaß an dem possierlichen Tierchen. „Sag mir nur, was du auf dem Herzen hast!!"

„Ich habe schon seit längerer Zeit, etwas für die Kinder gesammelt. Zum Beispiel einen ganzen Korb voller Kastanien, ich kann mir vorstellen, dass die Kinder damit gern basteln. Und außerdem habe ich da eine ganze Kiste voller Brillen."

Die Prinzessin staunt. „Eine Kiste voller Brillen? Wie kommst du denn daran?"

„Mein Mann arbeitet in einer Firma, die Brillen herstellt, und da kommt es schon einmal vor, dass die eine oder andere Brille wieder zu uns zurückfindet. Und ich finde, jeder Mensch sollte die Chance haben, besser sehen zu können. Bei manchen handelt es sich sogar um Spezialbrillen, mit denen man nicht nur eine bessere Sicht, sondern auch einen besseren Einblick erhält. Kinderbrillen sind übrigens auch dabei."

Federica freut sich. „Das hört sich richtig gut an. Ich denke, in den Einrichtungen sind die Daten der Kinder in den

Computern gespeichert. Vermutlich ist dort auch ihre Sehstärke ersichtlich. Da kann man dann tatsächlich etwas Gutes mit den Sehhilfen bewirken."

„Es gibt auch Brillen für Kinder und Erwachsene mit normaler Sehstärke. Sie sind einfach nur für die Menschen da, die ihre Augen häufig anstrengen müssen, zum Beispiel bei einer langen Computertätigkeit. Diese Brillen entlasten einfach nur die Augen, und das trägt natürlich zu einer besseren Gesundheit dieses Organs bei."

„Diese Firma hat großartige Ideen", findet die Prinzessin. „Natürlich werde ich Jeremias sofort darüber Bericht erstatten. Ich bin ganz sicher, dass er begeistert sein wird."

„Nun ja, ganz einfach wird es nicht sein, ein bisschen Organisation ist dafür schon nötig, damit jeder die richtige Brille erhält. Und einer muss natürlich auch entscheiden, wer eine Sehhilfe am nötigsten braucht, und wer noch etwas warten kann. Aber ich bin sicher, dass ich mit der Zeit alle Bewohner dieser Einrichtungen mit irgendeiner Sehhilfe beschenken kann, selbst wenn es sich nur um eine Sonnenbrille handelt."

Federica freut sich. „Was gibt es doch manchmal für Zufälle im Leben. Ich finde allerdings, dass es keine Zufälle sind, sondern Schicksal. Was für ein Glück, dass wir gemeinsam in einem Zug gesessen haben."

Mary lächelt. „Ja, man kann geradezu philosophisch werden. Obwohl wir uns am Anfang kaum gesehen haben, hatten wir doch eine Zeit lang das gleiche Ziel. Dann durften wir uns kennenlernen, und nun nimmt das Schicksal seinen Lauf. Möchtest du ein kühlendes Eis?"

„Danke, ich bin sehr zufrieden mit allem. Und wenn ich ganz ehrlich sein soll, das

Eis in einer Nebenstraße schmeckt tatsächlich besser und ist dabei noch billiger. Konntet ihr euch denn jetzt schon einige Sehenswürdigkeiten zu Gemüte führen?"

Frau Gray nickt. „Oh ja! Deine Empfehlungen haben uns sehr geholfen, und die Kirchen haben wir uns bereits angeschaut, ebenso wie das berühmte Theater dieser zauberhaften Stadt, La Fenice. Sogar die Aussicht von der Spitze des Campanile haben wir schon bewundert. Natürlich haben wir auch die Kirche San Lorenzo nicht ausgelassen, schließlich trägt sie ja deinen Namen. Etwas bedrückt hat uns die Geschichte der Insel Giudecca, auf der vor langer Zeit Juden im Getto leben mussten. Gott sei Dank ist die heutige Zeit etwas toleranter geworden."

„Leider nicht", findet die Prinzessin. „Rassismus ist auch heute noch ein aktuelles Thema, genauso wie die

Benachteiligung und Verfolgung bestimmter Völker. Es muss noch sehr viel getan werden, und am weitesten kommt man, wenn man schon den kleinsten Kindern die Weisungen erteilt, die für eine gerechte und tolerante Welt notwendig sind."

Mary nickt eifrig „Da bin ich ganz deiner Meinung. Bei den Kleinkindern muss man schon anfangen, ihnen den Weg zu weisen. Da wir keine eigenen Kinder haben, richten wir unsere Fürsorge auf fremde Menschen, die das manchmal dankbarer annehmen."

„Ich werde mich auch demnächst mit sehr vielen Kindern beschäftigen", freut sich die junge Frau. „Das macht mich sehr glücklich."

„Es sind nicht viele Menschen, die so fühlen wie du", behauptet die Engländerin. „Aber es ist sehr schön. Da ich dir jetzt nichts mehr anbieten kann, werde ich mich von dir verabschieden, das wird auch meinen Mann erfreuen, er wartet sicherlich schon ungeduldig auf mich, denn allein findet er sich in Venedig gar nicht zurecht."

„Grüß ihn von mir!" bittet Federica. „Ich habe auch gleich wieder eine Vorlesung, aus der ich hoffentlich wieder einige interessante Informationen mitnehmen kann. Und ich wünsche euch noch eine schöne Zeit in Venedig!"

„Ich hoffe doch, dass du uns am Abreisetag noch einmal kurz aufsuchen kannst", wünscht sich Mary, „nur zu einem kurzen Abschied!"

„Ich werde am Bahnhof sein", verspricht die Prinzessin.

Kapitel 11

Wenn Drachen wütend sind...

Lamina kühlt sich die Wange, und Jorge reicht ihr etwas Eis, das er in einen Leinenbeutel gesteckt hat. „Hoffentlich hast du bald keine Schmerzen mehr!" wünscht ihr der Zwerg.

„Es ist schon besser", behauptet sie. „Also, was hast du jetzt von Donatus erfahren? Was ist da los mit den Drachen, und warum verursacht Maximo am Ätna solche Vulkanausbrüche?"

Der Kleine seufzt. „Das habe ich mich auch gefragt. Temperamentvoll war der sizilianische Drache schon immer, und er neigt auch leicht zu Wutausbrüchen. Das haben die Menschen, die dort bei Catania leben, schon oft zu spüren bekommen."

Die gute Fee nickt. „Manchmal kann man es nicht verstehen, warum sich die Menschen immer wieder so nahe an diesen heißkalten Riesen heranwagen. Natürlich ist die Erde sehr fruchtbar dort, aber die Gefahr ist einfach sehr groß. Was war also jetzt wieder los? Warum hat sich Maximo so aufgeregt?"

„Der freche Kasimir aus Baden-Württemberg scheint ihn provoziert zu haben. Er macht ihn allein für Nüsslis Flucht verantwortlich, und er sagte ihm, dass er es allein schuld sei, wenn die böse Fee jetzt auf der ganzen Erde ungehindert ihr Unwesen treibt."

„So ganz unrecht hat Kasimir damit nicht", überlegt die gute Fee. „Diese Hexe hat in einer seiner vielen Berghöhlen gelebt. Natürlich kann er nicht jede der circa einhundertneunzig Höhlen dieses Vulkans bewachen. Aber als Herr und Gebieter hätte er wenigstens die eine Höhle, in der sich Nüssli befand, unter eine gute

Aufsicht stellen müssen. Er hat auch durch seine Unvorsichtigkeit die Ausbrüche verursacht und dadurch die Höhle freigesetzt. Eine gewisse Mitschuld hat er tatsächlich. Aber was hilft es jetzt, ihm ins Gewissen zu reden. Die böse Fee ist frei, und man muss eben jetzt sehr wachsam sein."

„Zum Glück hat unsere Prinzessin keine Angst mehr vor ihr, das ist ein großer Fortschritt. Trotzdem war es unverantwortlich von Kasimir, den explosiven Maximo zu reizen. Kein Wunder, dass jetzt ein großer Streit zwischen den beiden entbrannt ist."

„Was ist denn jetzt genau passiert? Gibt es in Baden-Württemberg etwa schon wieder Erdbeben?"

„Nein, das nicht. Aber wenn zwei so große Drachen streiten und beide große Erdbeben verursachen können, birgt das natürlich auch in diesem Bereich eine große Gefahr. Kasimir hat Maximo aufgefordert, einen großen Teil seiner Schätze, besonders der Bodenschätze, einer Organisation zur Verfügung zu stellen, die von dem Geld Schutzmaßnahmen gegen und vor Nüsslis Schandtaten einleiten soll. Maximo hat eine Menge an Bodenschätzen. Im Vulkangestein gibt es sehr viele wertvolle Metalle, aber er hat auch einige Steiine gesammelt, die seine Vorfahren schon seit Jahrtausenden beiseitegeschafft haben. Er ist einer der reichsten Vulkandrachen dieser Erde."

Lamina horcht auf. „Welche Edelsteine findet man denn in einem Vulkan?"

„Der Kilauea auf Hawaii spuckt manchmal wunderschöne grüne Edelsteine", weiß Jorge. „Und die wunderschönen blauen Edelsteine aus dem Laacher See in der Eifel besitzen den viel geliebten leuchtenden Glanz des Himmels und stammen aus der Zeit, als dort noch kein

Wasser war, sondern ein spuckender Vulkankrater. Dieser Edelstein heißt Haüyn."

Die gute Fee lacht. „Hast du gerade geniest? Aber nein, ich weiß, der Name ist zwar lustig, doch die Angelegenheit ist bestimmt nicht zum Lachen. Was für Schätze will denn der gute Maximo nicht herausrücken?"

„Vermutlich jeden einzelnen. Natürlich haben seine Vorfahren viele Steine zu Geld und Gold umgewandelt. Da hat sich eine ganze Menge angesammelt. Der kleine Drache Minimo, der in dem Vulkan Stromboli wohnt, hat sich fürchterlich aufgeregt, da mussten die Menschen auch schon wieder die Insel verlassen und sich vor möglichen Gefahren schützen. Minimo soll nämlich mit seinen Brüdern diese ganzen Schätze erben, aber das kann noch Jahrhunderte dauern, so ein Drache wird wirklich alt."

Lamina seufzt. „Ja, wenn sich da nun auch noch einige andere einmischen, dann könnte sich so ein Streit ausweiten. Warum will Maximo denn nicht wenigstens eine große Summe spenden, dann könnte man doch den Schaden geringhalten?"

„Maximo behauptet, er sei nicht schuld an dem Ausbruch. Außerdem könne Nüssli der Welt von überall her Schaden zufügen. Sie habe nicht nur einen langen Arm, sondern sei auch vernetzt mit anderen Bösen weltweit."

Die Fee überlegt. „Meinst du, es hätte Sinn, mit Maximo zu reden?"

Jorge seufzt. „Ich kenne niemanden, auf den er hören würde."

„Vielleicht könnte Polka einmal mit ihm sprechen" schlägt Lamina vor.

„Das ist doch ein ausgesprochen freundlicher, ja sogar sensibler Drache. Ich glaube nicht, dass sich Maximo von ihm beeindrucken, geschweige denn beeinflussen ließe. Du kennst doch sicher Polkas Geschichte, oder?"

„Ja, ich weiß, der Drache Polka, der hier bei uns in den Brenta-Dolomiten in unseren schönen norditalienischen Alpen lebt, der hat seine eigene Geschichte. Die übrigen Drachen, die man momentan weltweit kennt, sind alle aus einem Ei geschlüpft, während Polka wie ein Säugetier eine ganze Weile im Mutterleib als Embryo gelebt hat. Er soll aber auch ein temperamentvolles Tier gewesen sein, denn man sagt ihm nach, dass er in der warmen Bauchhöhle ziemlich heftig herumgetobt ist und lustig getanzt hat, so wie es die Polka-Tänzer tun. Dabei habe er wohl verhindert, dass sich die Ansätze der großen Rückenflossen, oder auch Zacken ausbilden können. Und als er geboren wurde, sah er aus wie ein winziger Pottwal. Auch im Verlaufe seines weiteren

Lebens, sind nie wirkliche Zacken nachgewachsen, und Polka hat sich deswegen ein wenig geschämt und Minderwertigkeits-Komplexe bekommen. Alles in allem soll er aber ein liebenswerter Drache sein, ohne Zacken auf dem Rücken, aber auch ohne Ecken und Kanten im Charakter. Ist das alles korrekt so?"

Der Zwerg lacht. „Das hast du gut behalten, und ich glaube es hat dir vor einiger Zeit vermutlich Donatus mitgeteilt, der häufig den Weg zur Brille der Erkenntnis bewacht oder auch schon einmal als Wache am Höhleneingang bei Polka zu finden ist. Auf jeden Fall stimmt diese Geschichte, und die meisten Bewohner dieser Erde haben diesen Drachen noch nie Gesicht bekommen."

„Also, fangen wir noch einmal von vorn an. Könnte Polka nicht in irgendeiner Weise behilflich sein? Könnte er nicht zwischen Kasimir und Maximo vermitteln?

Gerade als friedlicher Drache hat er die Möglichkeit, sehr höflich und freundlich auf seine beiden Artgenossen einzugehen."

Jorge hebt die Augenbrauen, Zweifel macht sich in seinem Gesichtsausdruck bemerkbar. „Das kann ich mir im Augenblick gar nicht vorstellen. Kasimir und Maximo sind beide sehr temperamentvolle, heißblütige Drachen. Sie haben beide eine Veranlagung, ganz schnell in die Luft zu gehen, und das kann böse Folgen haben."

„Dann werden wir dieses Problem also nicht schnell lösen können", stellt Lamina fest. „Ich werde einmal mit Federica sprechen, vielleicht weiß sie eine Lösung."

„In Anbetracht dessen, dass ihre Eltern gerade als Botschafter unterwegs sind, wird uns nichts anderes übrigbleiben", teilt er ihr seine Meinung mit. „Aber auf jeden Fall wünsche ich dir jetzt schon einmal gute Besserung! Kann ich noch etwas für dich tun? Brauchst du noch mehr Eis zum Kühlen?"

Die gute Fee schüttelt den Kopf. „Nein danke, im Augenblick muss ich mich wohl einfach gedulden." Sie schließt die Augen und beginnt nachzudenken.

Kapitel 12

Federica und Mario in Venedig

Die Prinzessin eilt durch die schmalen Gassen zum Bahnhof Santa Lucia, um Mary Gray und ihren Mann zu verabschieden.

Sie entdeckt das Ehepaar, das gerade im Begriff ist, in den Zug einzusteigen. „Es tut mir so leid, dass ich so spät komme. Der Ausbilder hat leider die letzte Stunde etwas überzogen, und so konnte ich nicht früher hier sein."

Die Engländerin lächelt. „Das macht doch nichts, Liebes. Hauptsache, wir haben uns noch einmal gesehen, und wir werden ganz sicher in Verbindung bleiben. Du weißt doch, die Brillen!"

Federica nickt. „Ja, ich habe dem Kuschelkater schon davon erzählt, und er freut sich sehr darauf. Auf jeden Fall wünsche ich euch eine gute Fahrt!"

John reicht ihr die Hand. „Wir haben uns sehr gefreut, dich kennen zu lernen. Besuch uns doch einmal in England!"

Mehrere Reisende haben es eilig und drängen das Ehepaar Gray beiseite.

Es bleibt nur noch Zeit für ein paar flüchtige Umarmungen, danach steigen die Reisenden eilig in den Zug, der kurz danach anrollt.

Federica sieht der Bahn noch eine Weile nach und denkt an die neue Bekanntschaft mit den Engländern. Wie schnell hat sich doch sehr viel Neues nach diesem Kennenlernen ergeben. Sie hat Jeremias kennengelernt und eine neue Teilzeitarbeit gefunden. Und vermutlich wird sie gemeinsam mit dem Ehepaar Gray vielen Menschen auf der Welt eine Freude machen können.

In diesem Augenblick spürt sie, dass sie von jemandem berührt wird, und sie dreht sich abrupt und erschrocken um. Doch auf ihrem Gesicht erscheint sofort ein strahlendes Lächeln, als sie Mario erkennt, der mit einem Koffer vor ihr steht.

„Wie schön, dass du schon da bist!" entfährt es ihr, sie fällt ihm glücklich in die Arme.

„Ich konnte etwas früher weg und habe auch einen früheren Zug erreichen können. Und weil ich von dir wusste, dass du deine neuen Bekannten verabschiedest, habe ich hier im Hintergrund auf dich gewartet."

„Was für eine schöne Überraschung!" freut sie sich. „Wahrscheinlich haben wir uns sehr viel zu erzählen."

Er umarmt und küsst sie. „Das war mir doch jetzt erst mal noch wichtiger", fügt er lächelnd hinzu. „Und außerdem habe ich gar nicht so viel zu erzählen. Aber du hast sehr viel erlebt, da bin ich schon ganz neugierig, mehr darüber zu erfahren."

Während sie aus dem Bahnhof herausgehen, schweigen sie, denn die vorübereilenden Menschen lärmen gehörig.

Erst als sie über die Ponte degli Scalzi gehen, beginnt Federica mit ihrem Bericht über das Ehepaar Gray und den damit verbundenen Erlebnissen.

Mario staunt. „Das hört sich wirklich zukunftsträchtig an. Was sagt denn Jeremias dazu? Sicher hat er sich sehr gefreut."

Die Prinzessin nickt. „Er hat mir gesagt, ich sei ein richtiger Glücksfall für ihn. Da hätte ich mich nun entschlossen, mit den Kindern zu musizieren, und nun gäbe es auch noch eine Verbindung zu dem englischen Ehepaar, dass ein mildtätiges Herz hat."

„Das hört sich wirklich erfreulich an", findet er. „Aber was sagst du zu dem bedrohlichen Streit zwischen Maximo und Kasimir? Die beiden wohnen doch wahrhaftig weit genug weg und müssten sich nicht stören, nicht gegenseitig in die

Quere kommen. Aber hier scheint es um ganz große Entwicklungen zu gehen."

Die Prinzessin nickt. „Wir sind alle sehr besorgt, und ich habe mit Lamina gestern Abend noch ein sehr langes Gespräch geführt. Wir haben überlegt, ob man vermitteln kann und natürlich auch wie. Dazu gehört selbstverständlich auch, dass man wissen muss, wer für eine solche Vermittlung geeignet ist."

Mario bleibt auf der Brücke stehen und schaut ins Wasser, auf den Canale Grande, auf dem sich gerade zwei Traghetti und mehrere Motorboote in verschiedene Richtungen weiterbewegen. „Am besten geht man es auch von mehreren Seiten am", findet er. „Dann hat man immer mehrere Eisen im Feuer dieser vulkanischen Angelegenheit, und kann Hoffnung haben, dass irgendetwas fruchtet."

„Lamina und ich, wir haben auch an Polka gedacht. Von seinem Charakter her könnte er ein guter Vermittler sein. Aber es ist die Frage, ob es sich überhaupt jemals aus seiner Höhle heraustraut."

„Er müsste ja nicht persönlich vorsprechen", überlegt Mario. „Er könnte einige seiner vielen Zwerge als Botschafter schicken."

Sie hebt die Augenbrauen. „Meinst du vielleicht, diese kleinen Zwerge imponieren den riesigen Drachen?"

„Die Körpergröße hat nicht immer unbedingt etwas zu sagen. Im Lauf der Weltgeschichte hat es schon viele kleine Leute gegeben, die sich wichtig gemacht haben und auf der Welt mindestens ein verheerendes Chaos angerichtet haben. Aber vermutlich hast du recht. Ein großer Drache lässt sich wohl nicht so leicht von einem kleinen Zwerg einschüchtern. Wie wäre es denn, wenn man sich an Nüsslis

Sohn, an Hieronymus wendet? Wenn er ein so guter Zauberer ist, hat er doch Möglichkeiten, die beiden zu versöhnen, oder?"

Federica staunt. „Nüsslis Sohn? Wie kommst du jetzt darauf?"

„Kennst du nicht den Ausspruch, man muss den Teufel mit Beelzebub austreiben, also das Böse mit etwas Bösem bekämpfen. Wenn er schon so großartig ist, dass er ein Stipendium bekommen hat, dann wird er doch sicher die Macht haben, ein großes Chaos zu verhindern."

„Meinst du, er würde sich für einen guten Zweck einspannen lassen? Ich weiß auch gar nicht, wo er lebt und wie man ihn erreichen kann. Aber vielleicht sollte man wirklich alles versuchen, wie du schon gesagt hast."

„Auf jeden Fall bin ich erst einmal froh, dass wir beide jetzt ein paar schöne

Stunden miteinander verbringen können. Das Wochenende ist schon sehr kurz, und ich freue mich auf die Zeit in der Zukunft, wenn wir beide unsere Ausbildungen beendet haben. Dann können wir gemeinsam an einem Ort wohnen und sind dann viel öfter zusammen."

„Ich freue mich auch schon sehr darauf", stimmt sie ihm zu. „Sollen wir uns heute etwas auf dem Lido ausruhen? Ich nehme an, du hast eine anstrengende Woche hinter dir."

„Das ist keine schlechte Idee. Bringen wir mein Gepäck in dein Zimmerchen, und dann faulenzen wir den ganzen Tag am Strand. Und wenn es heute Abend kühl wird und die ganzen Touristen Venedig verlassen haben, gehört die Serenissima den Einheimischen und uns. Wir lassen uns von den alten Palazzi Geschichten erzählen und atmen den ehrwürdigen Duft der antiken Stadt."

„Sie ist so voller Musik", schwärmt die Prinzessin. „Alles singt und klingt in ihr, selbst wenn die Schritte durch die schmalen Calle trippeln, ein Flüstern durch die Gassen geht oder die neugierigen Touristenströme über die Flaniermeile schlendern. All das nimmt diese Stadt in sich auf und verwandelt es mit dem Möwengeschrei und dem Gesang des Windes in ein Konzert."

„Venedig ist für jeden Künstler schön", findet Mario. „Für die Maler hat sie nicht nur eine Farbenpalette bereit, sondern zögert nicht, ganze Farbenteppiche zu bieten, um ihnen die Auswahl schwer zu machen."

„Ich möchte immer wieder in diese Stadt zurückkehren", wünscht sich Federica. „Hier werden Träume geboren und Wünsche erblicken das Licht der Welt. Hier habe ich das erst richtig gespürt, dass ich meine eigene Melodie finden muss.

Und ich habe das Gefühl, dass ich auf dem besten Wege dazu bin."

Mario nimmt sie in den Arm. „Und ich bin froh, dass du mir erlaubst, mit dir zu gehen."

Kapitel 13

Der Besuch auf Sizilien

Lamina steht vor dem großen Vulkan und betrachtet die gelbgraue Rauchsäule, die in den Himmel aufsteigt. „Dieser Ätna ist wirklich ein gigantischer Berg. Wenn man davorsteht, kann man sich gut in die Zeit zurückversetzen, in der die Menschen an die Naturgötter glaubten. Dieser feuerspeiende Gigant mit der Mütze aus Schnee wirkt selbst wie ein großes Ungeheuer, das wie abwartend daliegt und schnarcht. Aber es schläft nicht tief und fest, sondern liegt nur im Halbschlaf, lauert mit einem halboffenen Auge und ist bereit, jederzeit loszubrüllen."

Jorge nickt. „Lebendig wirkt er auf jeden Fall, sehr lebendig, möchte ich mal sagen."

Die gute Fee stöhnt. „Der Berg an sich ist schon Ehrfurcht einflößend, wie mag es dann wohl sein, wenn man auf Maximo trifft?"

„Ich denke, dass er in seiner jetzigen Situation nicht besonders gut gelaunt ist", vermutet der Zwerg. „Und an welche der hundertneunzig Höhlen willst du jetzt gehen, um ihn zu rufen?"

„Ich habe mir den Weg zur Eishöhle beschreiben lassen. Ich kann mir gut vorstellen, dass er sich dort in der Nähe aufhält, um sich ein bisschen abzukühlen."

„Es ist kaum vorstellbar, dass so ein heißer Berg auch Höhlen aus Eis besitzt", überlegt er. „Das grenzt auch schon fast an Zauberei."

Lamina betrachtet den Gipfel über sich. „Hier unten blühen die Ginstersträucher in ihrem Goldgelb und spiegeln die südliche Sonne in unermüdlichem Glanz und oben kühlt sich der Riese seinen heißen Kopf mit ewigem Eis."

Eine piepsende Stimme meldet sich zwischen den Büschen. „Was sucht ihr denn hier? Die Touristenführungen sind schon lange zu Ende."

Die beiden Reisenden blicken sich um, sehen aber niemanden.

„Hallo? Ist da jemand?" ruft die gute Fee und blickt sich erneut suchend um.

„

„Natürlich ist da jemand", meldet sich die Stimme aus dem Gebüsch.

„Wo bist du denn, und wer bist du?" fährt Lamina fort. „Wir sehen doch nichts."

„Das müsst ihr doch auch nicht", behauptet die Stimme. „Ich heiße Giuseppe und bin zwölf Jahre alt. Geboren bin ich in Catania und dort lebe ich auch. Hauptsache, ihr könnt mich hören, und ich bin da."

„Und was machst du hier?" erkundigt sich Jorge.

„Ich arbeite für Maximo und sehe mir die Leute an, die hier den Berg heraufspazieren."

„Da hast du von hier aus aber immer einen schönen Blick auf das Meer, Giuseppe", versucht die Fee, ein Gespräch mit ihm anzufangen.

„Das Meer ist nicht so harmlos wie ihr denkt", weiß der Junge. „Hier gibt es auch im Meer Vulkane, und wenn sie Lust haben, fangen sie an zu rumoren und zu spucken. Das taten sie schon vor ein paar Tausend Jahren, und viele Schiffe liegen deswegen auch heute noch auf dem Meeresgrund. Die Menschen hier wissen das alle, aber ihr spaziert hier einfach so herum und denkt euch gar nichts."

„Oh, doch", protestiert Lamina. „Wir wissen, dass man die Natur und die Erde schützen muss, und wir benehmen uns hier auch gut, das können wir dir versprechen. Wir gehören nicht zu denen, die einfach Müll wegwerfen und überall herumtrampeln. Wir möchten nur einmal ganz kurz mit Maximo sprechen, deinem Chef. Könntest du das vielleicht so einrichten, willst du uns zu ihm führen?"

Die Piepsstimme ändert sich und wird dunkler. „Normalerweise bleibe ich hier immer in Deckung und verstelle meine Stimme, damit man mich nicht erkennt."

Ein braun gebrannter Junge mit schwarzem Haar steigt aus dem Gebüsch.

„Warum hast du deine Stimme verstellt? Mit dieser Stimme, deiner natürlichen klingst du viel besser", findet Jorge.

Giuseppe lacht. „Ich sehe es schon. Ihr seid keine Menschen, auch wenn ihr genauso neugierig seid wie diese Spezies." Er zeigt auf Lamina. „Du bist keine Frau, sondern eine Fee. Dein Begleiter gehört zu den Zwergen. Maximo hat mich gut unterrichtet."

„Was hast du denn gelernt?" will der Kleine wissen.

„Ich bin in einem Internat gewesen, indem man Sensibilität üben kann und am Ende sehr empathisch ist. Wenn man das lange genug übt, hat man am Ende viel mehr als sieben Sinne und kann vielmehr fühlen, hören, schmecken, riechen und spüren. Dann wird man fähig, alles zu sehen und alles zu erkennen. Daher habe ich auch sofort erkannt, wer ihr seid. Und ich wusste auch von Anfang an, was ihr hier wollt. Aber zuerst wollte ich euch prüfen und hören, ob ihr auch mit der Wahrheit herausrückt."

Die Fee staunt. „Du bist ja ein raffinierter Junge! Aber recht hast du, es ist gut, wenn man sein Gegenüber zuerst einmal prüft. Doch sag mir mal eins, Maximo ist auf der ganzen Welt bekannt als ein Hitzkopf und ein Poltergeist. Wie kommt es da, dass er dich in eine Schule für Empathie schickt?"

Giuseppe lächelt. „Er selbst hat diese dicke Drachenhaut, die ist fest und unempfindlich. Aber er hat ein gutes Herz, und mit dem hat er eingesehen, dass er seine fehlende Sensibilität ergänzen muss. Deshalb hat er ganz viele Leute um sich herum, die dünnhäutig sind."

Jorge kratzt sich an der Mütze. „Und das funktioniert? Dann lebt ihr in einer Gemeinschaft mit unterschiedlichen

Temperamenten und Veranlagungen. Liegt ihr euch da nicht ständig in den Haaren?"

Der Junge schüttelt den Kopf. „Nein, jeder weiß, was er von dem anderen zu erwarten hat. Wir schätzen und wir tolerieren uns. Und jetzt lasst mich raten, was euch hierhin getrieben hat!"

„Du kannst das auch erraten?" wundert sich Lamina.

„Ja, und ich bin schon sicher, dass ich weiß, um was es sich handelt. Wenn eine gute Fee und ein Zwerg aus Polkas Reich den weiten Weg nach Sizilien machen, dann kann es nur bedeuten, dass ihr eine Bitte an Maximo habt. Ist es nicht so?"

Die Fee nickt. „Es ist so. Wir möchten gern mit Eterno sprechen und ihn bitten, dafür zu sorgen, dass es nicht zu einem großen Krieg kommt."

„Versprecht euch nicht zu viel davon! Aber man soll immer etwas versuchen, sofern es einem guten Zweck dient, selbst wenn es von vornherein nicht erfolgversprechend aussieht. Am besten wartet ihr hier in dem kleinen Zitronenhain, während ich Maximo um eine Audienz für euch bitte."

Die beiden Reisenden freuen sich und lächeln sich an.

„Das ist wirklich sehr freundlich von dir, und wir sind dir auch sehr dankbar", antwortet Lamina fester Stimme.

Kapitel 14

Federica und Hieronymus

Die Prinzessin ist erstaunt, als sie Hieronymus vor dem Bahnhof von Verona gegenübersteht. Sie hat sich den Sohn dieser bösen Fee ganz anders vorgestellt: unansehnlich oder sogar hässlich und mit einer durch und durch negativen Ausstrahlung. Aber der junge Mann, den sie anblickt, hat ein freundliches Gesicht, das man auch attraktiv nennen kann. Er ist groß, hat eine annehmbare Figur und wirkt wie ein seriöser Geschäftsmann.

Formvollendet begrüßt er Federica und bittet sie, dass freundschaftliche „Du" zu benutzen. „Ich lebe vornehmlich in den englischsprachigen Ländern und bin es gewohnt, diese Anrede zu benutzen, das hilft oft, Gegensätze zu überbrücken, generell Brücken zu schlagen."

Die junge Frau nickt. „Ich habe nichts dagegen, und wäre froh, wenn wir, dadurch zu einem besseren Verständnis gelangen könnten." Sie reicht ihm die Hand und sieht ihn weiter aufmerksam an.

Er winkt ein Taxi heran und hilft der Prinzessin beim Einsteigen. Danach eilt er um das Auto, öffnet die hintere Wagentür und setzt sich neben Federica. Der Taxifahrer lenkt den Wagen geschickt durch die Straßen von Verona.

Hieronymus streckt sich. „Deswegen bin ich auch sofort herbeigeeilt, als du mich weltweit gerufen hast. Ich dachte sofort, dass es sich um etwas Wichtiges handeln muss, wenn du dir von mir eine Hilfe versprichst."

Sie nickt. „Es ist wirklich eine dringende Angelegenheit, und da man sich von dir erzählt, dass du sehr kompetent bist, habe ich gedacht, dass du der Richtige bist, eine entscheidende Wende herbeizuführen."

„Um was geht es genau?" will er wissen und lässt sie dabei nicht aus den Augen.

„Es geht um die beiden Drachen Kasimir und Maximo. Wie alle Welt weiß, war deine Mutter in einer Höhle des Ätna gefangen und wurde von diesem sizilianischen Drachen bewacht. Aber, aus welchen Gründen auch immer, wie dir bestimmt bekannt ist, zeigte sich für Nüssli die Möglichkeit einer Flucht, und so entkam sie und ist unauffindbar. Das finden nun die meisten Drachen auf der Welt sehr bedrohlich, und Kasimir möchte Maximo zur Rechenschaft ziehen. Er verlangt von ihm einen Großteil seines Schatzes, um Schutzmaßnahmen gegen deine Mutter aufzubauen."

„So weit ist mir die Angelegenheit bekannt", antwortet Hieronymus. „Aber was kann ich jetzt dabei tun?"

„Man kann die Sache jetzt von zwei Seiten angehen. Zum einen habe ich gehofft, dass du zwischen diesen beiden Drachen vermitteln kannst, zum anderen hast du vielleicht die Möglichkeit, herauszufinden, was deine Mutter weiter vorhat. Falls sie sich nämlich in Rente begibt und irgendwo glücklich und zufrieden lebt, kann die ganze Welt wieder aufatmen und die beiden Drachen können ihren Streit vergessen. Wenn sie allerdings wieder irgendetwas Schilde führt, das jemandem schaden könnte, wäre es gut, wenn ihr jemand davon abriete."

An der Piazza Bra hält der Wagen an, der Taxifahrer lässt die Insassen aussteigen, Hieronymus drückt ihm einen Geldschein in die Hand, und die beiden Fahrgäste verabschieden sich von dem freundlichen Italiener.

Nüsslis Sohn führt Federica an den Tisch eines Straßencafés und bittet sie, Platz zu nehmen. Er selbst nimmt ihr gegenüber Platz und bestellt, ohne die Prinzessin zu fragen, zwei Tassen heiße Schokolade.

„Die muss man hier einfach probiert haben", behauptet er. „Und nun wollen wir einmal schauen, was man am besten tun kann."

„Wir wären dir alle sehr dankbar", teilt ihm die Prinzessin mit. „Ich glaube, die ganze Welt wäre dir dankbar."

„Das ehrt mich. Dann muss ich mich wohl besonders bemühen."

„Natürlich können wir auch ein Gremium einberufen und alle werden dann zusammen beraten", schlägt sie vor.

„Nein, nein", wehrt er ab. „Mein Gehirn ist besser als die KI, das ist schon getestet worden, und daher werde ich wohl die genialste Lösung finden können."

Federica staunt. „Das ist erfreulich, und dann können wir alle Hoffnung haben, dass du zufriedenstellende Lösungen finden wirst."

„Da ist mir auch schon etwas eingefallen", behauptet er. „Aber es wird eine komplizierte Angelegenheit werden. Und die werde ich nur zufriedenstellend ausführen können, wenn du dich als meine Assistentin zur Verfügung stellst."

„Ich? Als deine Assistentin? Bist du sicher, dass du keinen anderen Assistenten nehmen kannst?"

Er schüttelt energisch den Kopf. „Nein, ich habe soeben festgestellt, dass du die ideale Hilfskraft zur Verwirklichung meiner Pläne bist. Willst du dich also mir zur Verfügung stellen?"

Sie schluckt und überlegt. „Muss ich dann nicht furchtbar viel Zeit haben? Ich studiere gerade, lerne für meinen Beruf und meine Berufung. Außerdem habe ich noch einige andere Verpflichtungen im Bereich der Musik? Habe ich dann für all diese Dinge weniger Zeit?"

Auf seinem Gesicht erscheint ein unverbindliches Lächeln. „Dir bleibt noch genug Zeit für deine ganzen Beschäftigungen. Wenn du dich aber für diese große Sache mit mir gemeinsam einsetzt, kostet das schon Kraft und Nerven. Du wirst dich also extrem bemühen müssen."

„Werde ich das denn schaffen?" erkundigt sie sich verunsichert.

„Es ist doch nicht schwer", behauptet er. „Wenn du das tust, was ich dir sage, kann dir gar nichts passieren. Du musst einfach nur immer auf mich hören."

Im ersten Moment hat Federica ein ungutes Gefühl, doch dann denkt sie an die große Sache, die dahintersteckt. Schließlich geht es um wichtige Dinge, von denen abhängen, wie es auf der Welt weitergeht. „Also gut, dann sage ich ja."

Hieronymus lächelt zufrieden. „Wenn ich dich rufe, musst du natürlich versuchen, schnellstmöglich bei mir zu sein. Also mach dir bitte jetzt keine neuen, zusätzlichen Pläne. Jeder, der dir jetzt noch etwas auftragen will, muss warten."

„Das klingt schon, als hättest du einen festen Plan. Also bin ich schon einmal beruhigt und dir dankbar. Kannst du mir denn jetzt schon Details verraten?"

„Zunächst einmal werden wir herausfinden, wo sich meine Mutter aufhält."

Sie sieht ihn ungläubig an. „Und wie sollen wir das schaffen?"

„Ich habe eine innere Verbindung zu ihr, die wird uns dabei helfen."

Federica stutzt. Spricht er jetzt etwa davon, dass er noch nicht abgenabelt ist? Laut sagt sie. „Das kann uns in diesem Fall sehr nützlich sein. Und? Spricht deine Intuition schon zu dir?"

„Ich fühle, dass meine Mutter gerade sehr beschäftigt ist. Ich fühle auch, dass sie gerade etwas ausbrütet", behauptet er.

Sie hält kurz den Atem an. „Kannst du auch erkennen, ob es etwas Positives oder etwas Negatives ist?"

Er sieht sie ernst an. „Du verlangst sehr viel von mir."

„Oh, entschuldige bitte!" beeilt sie sich, keine Missverständnisse aufkommen zu lassen. „So habe ich das nicht gemeint. Von meiner Freundin, der guten Fee weiß ich, wie viele wunderbare Dinge es gibt: manches das so unglaublich ist, man könnte es glatt für ein Hirngespinst halten."

„Ich werde dich schon immer sofort informieren, wenn es etwas Neues gibt. Jetzt werde ich dich erst einmal instruieren, wie es weitergeht. Es ist wichtig, dass du mir dreimal am Tag

Bericht erstattest, auch wenn gar nichts passiert ist."

Die Prinzessin sieht ihn irritiert an. „Wenn gar nichts passiert ist?"

„Ja, dann möchte ich alle Details, damit ich mir in allen Bereichen ein negatives Kreuz eintragen kann."

Sie nimmt einen großen Schluck Kakao. „Also gut. Du machst also eine Abstrichliste und willst einzelne Antworten. Das kann ich verstehen. Sonst könnte man ja auch einmal irgendetwas vergessen."

Er sieht sie streng an. „Dieser Kakao ist übrigens Medizin für dich, und du darfst ihn nur trinken, wenn ich dich ausdrücklich dazu auffordere. Die richtige Dosierung ist wichtig."

Sie staunt. „Ist Kakao denn schädlich?"

„Eine ganze Menge Stoffe gibt es da drin, Magnesium, Kalzium, Eisen, Vitamin E,

Flavonoide, die Antioxidantien und Serotonin, aber auch Koffein und Dopamin, und da kenne ich als einziger auf der Welt die richtige Dosierung."

„Also kann man beim Verbrauch dieses Nahrungsmittels auch Fehler machen?"

„Natürlich. Aber dafür bin ich ja jetzt da. Ich bin nicht nur das wandelnde Lexikon, sondern auch ein einzigartiger Ratgeber. Und bevor wir jetzt in Themen abschweifen, die aktuell völlig unwichtig sind, führe ich dich jetzt durch die antike Arena von Verona, damit sich dieser Nachmittag auch mit einer Wissenserweiterung gelohnt hat."

Sie denkt kurz nach. Ist er nicht etwas sprunghaft? Sollte er jetzt nicht lieber beim Thema bleiben? Aber sie hat das Gefühl, dass sie auf ihn hören muss, wenn er ihr helfen soll. Schließlich hat sie doch mit Lamina besprochen, wirklich alles zu versuchen, um die drohende Lage zu entschärfen.

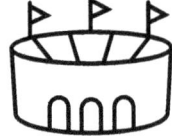

Kapitel 15

Die gute Fee und der Drache Maximo

Giuseppe führt die beiden Sizilien-Reisenden zu einer der vielen Höhlen, die sich in dem großen Vulkan gebildet haben. „Dieser Berg ist 3369 Meter hoch", weiß der Junge. „Maximo hat also ein großes Reich, ganz für sich."

„Müssen wir irgendwelche Regeln beachten?" erkundigt sich Lamina.

„Eterno ist ganz unkompliziert", behauptet der Sizilianer. „Der ist nicht adelig, und man benötigt keine außergewöhnlichen Anreden. Wenn man geschickt ist, versucht man, sein Herz anzusprechen, den seines ist riesig groß."

„Hoffentlich fällt mir etwas ein", wünscht sich die Fee. „Zum Glück habe ich meinen besten Freund an meiner Seite, den Zwerg. In der Regel findet er immer die richtigen Worte."

Giuseppe zeigt auf eine große dunkle Höhle, und sie sieht aus, als sei sie verschlossen, aber der Junge klärt sie auf. „Diese dunkle Masse im Eingang ist keine Tür und kein Vorhang. Ihr seht den Drachen, der die gleiche Farbe hat wie die vulkanische Erde."

Beim Näherkommen entdecken die beiden Reisenden, dass die unförmige Masse, die den Höhlen-Eingang ausfüllt, einen Kopf und zwei große leuchtende Augen hat.

„Wenn der mal niesen muss, sprengt er die ganze Höhle", flüstert Lamina dem Zwerg ins Ohr.

Jorge kichert. „Zum Glück ist das Lavagestein hier ziemlich fest, und einen Schnupfen bekommt der Drache in diesem herrlichen Sommerwetter bestimmt nicht so leicht."

Maximo steckt seinen Kopf aus der Höhle. „Seid willkommen!" ruft er mit einer klangvollen Stimme. „Giuseppe hat euch bereits angekündigt, und ich bin bereit, mir anzuhören, was ihr mir sagen wollt."

Die beiden rufen ihm einen Gruß zu, und die gute Fee fährt fort. „Du hast eine wundervolle Stimme, sehr musikalisch. Jetzt finde ich es sehr schade, dass meine beste Freundin, die Prinzessin von San Lorenzo, nicht ebenfalls hier ist. Sie hat Musik im Blut und ist gerade auf dem

Weg, die Melodie ihres Lebens zu finden. Wahrscheinlich hätte sie dich sofort in ihr Herz geschlossen."

„Aber sie ist nicht hier", bringt er die Sache wieder auf den Punkt. „Deswegen musst du mir jetzt schon sagen, was ihr mir mitteilen wollt. Ist der Kleine da neben dir so etwas wie ein Haustier?"

Lamina schüttelte den Kopf. „Nein, bei uns in dem kleinen Staat San Lorenzo, da leben viele Wesen friedlich miteinander, Feen und Zwerge und andere Gestalten, auch der Drache Polka, den du bestimmt kennst. Und alle sind gleichberechtigt."

„Ja, dem Namen nach kenne ich ihn. Aber dieser Feigling wagt sich ja nicht einmal nachts aus seiner Höhle heraus. Deswegen wird er auch von den meisten nicht ernst genommen."

„Wir nehmen ihn alle sehr ernst, teilt ihm Jorge mit. „Er bewacht nicht nur seine und die Schätze der Menschen sorgfältig, sondern zeigt mit seiner Lebensweise, dass alles auch auf eine friedliche Art und Weise geht, wenn man es möchte und sich darum bemüht."

„Da bist du im Irrtum", widerspricht ihm Maximo. „Es gibt immer wieder Lebewesen, die anderen Ärger machen, absichtlich und ohne Mitleid. Mit ihnen kann man nicht friedlich leben. Das habt ihr doch selbst mit Nüssli erfahren. Ich habe sie lange genug in meinem Berg ertragen müssen und kann ein Liedchen über ihren Charakter singen."

„Wenn du sie kennengelernt hast, dann kannst du uns vielleicht auch einen Rat geben. Was denkst du denn über sie? Wird sie wieder irgendetwas Böses planen?" fragt ihn die Fee.

„Aber natürlich", erwidert er, ohne zu zögern. „Sie kann gar nicht anders. Vermutlich würde sie sonst schwer krank werden, wenn sie nicht ständig etwas Böses plante."

„Hast du vielleicht auch eine Ahnung, was sie vorhaben kann?" erkundigt sich der Zwerg.

„Es geht ihr immer um Macht. Je mehr Macht sie hat, umso besser fühlt sie sich. Damit muss sie natürlich ihre Nase überall hineinstecken, auch in Dinge, die sie nichts angehen."

„Wir sind hier, um dich zu fragen, ob du nicht doch etwas von deinen Schätzen lockermachen kannst, damit man Schutzvorrichtungen aufbauen kann, vielleicht auch mit Frühwarnsystemen, um festzustellen, wann Nüssli im Anmarsch ist."

Maximo lacht, und die Höhle bebt ein wenig. „Das ist wirklich eine lustige Idee, und vor allen Dingen ist sie überhaupt nicht nützlich. Auf der ganzen Welt gibt es noch viele andere Personen, andere

Wesen, andere Hexen und Zauberer, die genauso sind wie Nüssli. Sie alle wollen die Macht und verkaufen dafür ihre Seele. Nüssli ist nur eine unter vielen. Und sie ist bestimmt nicht die Schlimmste. Ihr müsst lernen, sie zu durchschauen und euch gegen sie zu wehren."

„So ähnlich hat das Federica, unsere Prinzessin von San Lorenzo auch einmal gesagt. Sie behauptete, keine Angst mehr vor Nüssli zu haben und wüsste jetzt immer, wie man sich gegen sie wert. Aber das ist in der Theorie vielleicht ganz schön, die Praxis sieht dann doch oft ganz anders aus. Und jetzt geht es nicht nur um unser kleines Land. Jetzt geht es doch um die ganze Welt. Wenn du dich weiter mit Kasimir wegen einer Summe Geld zankst, dann ist der Weltfrieden weiterhin gefährdet."

„Dieser schwäbische Kasimir ist aber wirklich auch zu empfindlich, und viel zu vorsichtig. Wenn er Maßnahmen vorhat, soll er doch seine eigenen Schätze dazu verwenden. Aber er ist doch ein Schwabe, und es heißt allgemein, dass die recht geizig sind. Ich glaube, er ist nur neidisch auf mich, weil das Wetter dort nicht so schön ist wie hier auf Sizilien."

„Würdest du dich denn einmal mit ihm aussprechen?" fragt Jorge vorsichtig.

Maximo lacht erneut. „Ich glaube nicht, dass das etwas bringt. Er ist nur wütend, weil er gerade keinen tätigen Vulkan hat. Er kann nicht so schöne Spektakel und Feuerwerke zaubern wie ich hier in meinem Berg."

Federica sieht ihn bittend an. „Könntest du denn irgendetwas Versöhnliches an Kasimir weiterleiten, damit kein ernsthaftes Zerwürfnis entsteht? Und was sollen wir nun letztendlich mit Nüssli machen. Wenn sie einmal die Macht übernommen hat, ist es zu spät. Sie ist sehr raffiniert, sie hat in dem Land San

Lorenzo angefangen und wollte sich von dort in der ganzen Welt ausbreiten. Ich habe das Gefühl, dass sie wieder an einer ganz harmlosen Stelle beginnt, dort, wo sie keiner vermutet."

„Ihr macht euch alle zu viel Sorge", behauptet Maximo. „Es wird uns schon auffallen, wenn sie wieder beginnt, ihr böses Spiel zu treiben. Wir dürfen nur nicht blind sein, sondern müssen die Augen offenhalten und wachsam sein. Wir dürfen eben nichts einreißen lassen, das ist der springende Punkt. Und dem Kasimir könnt ihr ruhig ausrichten, dass er ein Geizhals ist. Wenn er einen Stacheldrahtzaun um Baden-Württemberg legen will, dann soll er das machen. Aber er soll auch bedenken, dass die Hexen auf ihren Besen fliegen, oft so tief und unter dem Radar, sodass man sie bei einer Überwachung nicht wahrnehmen kann. Es hat doch keinen Zweck, sich jetzt schon verrückt zu machen. Man kann nicht immer vor allen Dingen einfach in Angst leben. Ich bekämpfe meine Angst. Und das ist wichtig."

Jorge reißt die Augen auf. „Und wie machst du das?"

„Ich tobe mich hier unten aus, und da kann es ganz schön heiß werden. Und dann fange ich an zu brüllen."

Lamina sieht ihn irritiert an „Aber hier unten hört dich doch bestimmt keiner."

„Ich will ja auch nicht die anderen Leute erschrecken. Aber was meinst du, was dann passiert? Die lauten Töne, die ich hier ausstoße, die gelangen durch alle hundertneunzig Höhlen und kommen als tausendfaches Echo wieder zu mir zurück. Was meinst du, wie ich mich dann erschrecke! Das hört sich schon ganz gruselig an, das kannst du mir glauben."

Die junge Fee verkneift sich ein Lachen. „Du erschreckst sich also selber. Das ist praktisch so, wie wenn die Menschen, die sich vor der Dunkelheit fürchten, in ihrem Zimmer das Licht ausmachen. Ja, aber Hauptsache, es wirkt bei dir."

„Es wirkt. Doch jetzt bin ich schrecklich müde, und wenn ich müde bin, gehe ich umgehend schlafen. Ihr müsst mich schon jetzt entschuldigen, denn wenn ich anfange, hier laut zu gähnen, könnte die Erde schon ein bisschen wackeln. Ihr dürft ruhig noch ein bisschen bleiben und euch das herrliche Sizilien anschauen. Es war nett, euch kennenzulernen, und ich wünsche euch eine angenehme Heimreise!" Mit diesen Worten verschwindet er, sich langsam rückwärts schiebend, in der Höhle, und Giuseppe rennt ihm hinterher. „Eine gute Heimreise auch von mir", ruft er Lamina und Jorge noch von weitem zu. „Ich muss ihm schnell noch das Kissen schütteln."

Und schon ist auch er in der Höhle verschwunden.

Die beiden Reisenden sehen sich an. „Dann werden wir wohl am besten erst einmal zurückkehren, um mit der Prinzessin alles Weitere zu besprechen", schlägt die Fee vor, und der Zwerg ist damit einverstanden.

Kapitel 16

Federica und Hieronymus in Verona

Nach einigen Stunden hat die Prinzessin unter der Führung ihres Begleiters sämtliche römischen Brücken und viele alte Bauwerke der Stadt besichtigt, ihr Kopf schwirrt voller Namen und Jahreszahlen.

„Und was ist jetzt mit dem Balkon von Romeo und Julia?" wagt sie, Hieronymus zu fragen.

Der junge Mann runzelt die Stirn. „Aber weißt du das denn nicht? In dieser Form hat es die beiden überhaupt nicht gegeben. Es gab da mal wohl eine Geschichte, ein Liebespaar hier in Verona, von dem man gesagt hat, ihre Geschichte sei so ähnlich wie die von Shakespeare. Aber alles drumherum, der ganze Rest ist erfunden. Und auf diesem Balkon, zu dem hier täglich Hunderte von Touristen pilgern, da haben mit Sicherheit viele andere gesessen, aber nicht die Julia aus Shakespeares Roman."

Federica sieht ihn bedauernd an. „Wie schade! Dieses berühmte Liebespaar hat schon viele zu Tränen gerührt, und die ganzen unglücklichen Frauen, die Post in Julias Briefkasten mit ihren Nachrichten einwerfen, glauben auch fest daran, dass jemand wie Julia ihrer unglücklichen Liebe hilft."

„Das geschieht ja auch. Dutzende von Frauen antworten den Touristinnen mit irgendeinem tröstenden Wort, aber im Endeffekt geschieht dann doch gar nichts", sagt er kühl.

„Und ich habe immer gedacht, bei einer Liebe, seien Glaube und Hoffnung ganz wichtig, wie bei vielen anderen Dingen auch", entgegnet sie ihm.

„Es gibt ganze Scharen von Frauen, die lieber den Tatsachen ins Auge sehen sollten und mit einem klaren Kopf ihr Leben besser regeln könnten", findet er.

Sie seufzt. „Eigentlich ist dieses Verona auch gar nicht so romantisch. Venedig und Paris sind da viel geeigneter für Verliebte.

Ich fühle mich in der Serenissima sehr wohl."

Er sieht sie erstaunt an. „Du bist verliebt?"

„Ja, in Mario, und er studiert auch Musik und wird, genau wie ich, einmal hoffentlich viele Kinder musikalisch fördern."

Auf seiner Stirn entsteht eine Falte. „Ist das nicht ein ziemlicher Luxus? Der Überlebenskampf in der heutigen Zeit ist hart. Da muss man Kindern zeigen, wie sie sich durchsetzen können. Da dürfen sie nicht zimperlich und labil sein. Musik ist doch etwas für Träumer."

Sie schüttelt energisch den Kopf. „Musik ist Balsam für die Seele. Was nutzt es einem Menschen, wenn er weiß, wie er sich die Nahrung für den Körper beschafft, wenn die Seele, die darin wohnt, verkümmert und vertrocknet?! Eine Seele kann man am besten mit Bezügen zur

Natur, zur Kunst und zu einer Religion ernähren."

Er verzieht das Gesicht. „Ach, das ist doch alles nur Spielerei. Mit solchen Hirngespinsten kommst du in der heutigen Zeit nicht weit. Nur derjenige kommt voran, der seine Ellenbogen gebraucht und sich dabei nicht umsieht."

In ihr sträubt sich etwas. Kann er ihr wirklich helfen, wenn er so denkt? Aber sie ist auf jede Hilfe angewiesen, und wenn er mächtig ist, hat er sicher Möglichkeiten, etwas zu erreichen. Trotzdem hält sie nicht mit ihrer Meinung hinter dem Berg. „Mit Musik kann man kranke Menschen heilen und ohne Hoffnung und Glauben kann die beste Medizin nicht wirken. Musik ist doch überall, und der Mensch lebt in der Natur und gehörte früher auch einmal dazu, bis er sich aus diesem Paradies selbst entfernt hat."

Er misst sie mit einem herablassenden Blick. „Ich sehe schon, du bist eine hoffnungslose Romantikerin. Du wirst dich sehr anstrengen müssen, wenn du mir helfen willst, für Verbesserungen in dieser verzwickten Angelegenheit zu sorgen. Denke immer daran: Ich habe dich nicht gerufen, sondern du hast ein spezielles Anliegen an mich."

Federica überlegt. Wahrscheinlich ist es ratsamer, ihm nicht ihre privaten Geheimnisse anzuvertrauen. Es widerstrebt ihr zwar, aber sie zieht in Erwägung, sich für ihn ein bisschen zu verstellen. Immerhin geht es um den Weltfrieden und andere wichtige Dinge für die Menschheit.

Sie seufzt leise. „Ich bin stark, und ich werde schon die Aufgaben bewältigen, die du mir stellst. Vielleicht sollten wir dann auch nicht länger hier in Verona herumspazieren. Wäre es dann nicht besser, sich an einen Tisch zu setzen und

Pläne zu schmieden, mit ein paar Stichworten als Gedankenstützen?"

Er überhört ihrer Frage. „Was weißt du eigentlich über diesen Mario und wie lange kennst du ihn?"

Ihre Augen leuchten. „Ich kenne ihn jetzt ein gutes Jahr, und wir sehen uns fast jedes Wochenende, und darauf freuen wir uns beide immer sehr."

„Dann habt ihr euch im Alltag ja noch gar nicht richtig kennengelernt", findet er. „Ein Wochenende, das ist wie Urlaub. Da ist man ausgeruht und vergisst die Sorgen. Aber im Alltag, wenn man morgens zur Arbeit hasten muss und abends genervt nach Haus kommt, dann muss man sich ertragen lernen."

„Alltag hatte ich früher schon genug", teilt sie ihm mit. Meine Jugend war nicht lange kindgerecht, zum Kuscheln gab es wenig Gelegenheit, denn ich wurde als Prinzessin erzogen und musste früh lernen, wie sich eine Königin zu verhalten hat. Ich musste sehr viele Dinge studieren, die mir überhaupt nicht lagen, und es gab viele harte Zeiten. Natürlich musste ich ganz früh lernen, Verantwortung zu übernehmen, und als meine Eltern ins Exil gingen, fing für mich der Ernst des Lebens an. Ich hatte plötzlich für ganz San Lorenzo zu denken und zu entscheiden, und das alles in den Jahren, als ich noch nicht einmal erwachsen war."

„Damit hattest du noch eine gute Kindheit", findet er, „andere haben es noch schlimmer als du. In anderen Ländern verhungern die Kinder und müssen sich selbst ihr Brot zusammenstehlen."

Sie verzieht das Gesicht. „Natürlich, das weiß ich. Aber es war trotzdem für mich eine Erlösung, als mir meine Eltern erneut die Kindheit schenkten und mir gestatteten, jetzt erst einmal meinen eigenen Weg zu gehen. Ich hörte es dann auf einmal von allen Seiten: „Finde die Melodie deines Lebens!"

Er hebt die Augenbrauen. „Was hat denn das zu bedeuten? Das hört sich ja an wie ein Satz von der alten Pythia aus Griechenland. Nichts Halbes und nichts Ganzes. Romantisches Geschwafel, das dir im Leben nicht weiterhelfen wird."

„Es hat mir schon geholfen", widerspricht sie ihm. „Ich habe mit meiner Ausbildung begonnen, und da geht es um Musik. Die kann man in allen Dingen hören, wenn man empathisch ist, und man kann sie anderen Menschen vermitteln, ihnen helfen, gesund und stark zu werden. Denn man wird nicht stark durch Geld oder Butterbrote. Stark, das wird man nur von innen heraus, wenn man sein Inneres heilen lässt. Ein gesunder Geist formt sich auch einen gesunden Körper, diese bekannten Sätze stammen nicht von mir, sondern von einem weisen Menschen: Der römische Dichter Juvenal gab diese

Worte in lateinischer Sprache von sich: Mens sana in corpore sano."

Er lacht spöttisch. „Natürlich, ein Dichter hat das gesagt. Das sind auch Fantasten und Spinner, die die Welt verbessern wollen mit ihrer ausschweifenden Fantasie."

„Mit viel Intuition und guten Ideen, gepaart mit etwas Fantasie sind die besten Dinge auf der Welt erfunden worden", wendet Federica ein.

Er wirft ihr einen Blick zu, der zeigt, dass er sich ärgert. „Ich glaube nicht, dass du auf deiner Schule all das lernst, was ich bis jetzt schon studiert habe. Mein Wissen ist bereits überdimensional. Dann werde ich dich jetzt einmal zum Bahnhof zurückbringen, denn ich muss mich jetzt gedanklich mit den bewussten Problemen auseinandersetzen. Dabei ist es nicht gut, wenn wir zu Lappalien abschweifen."

Sein Gesichtsausdruck verfinstert sich, schweigend bringt er sie zur Station.

Federica versinkt in ihren eigenen Gedanken. Ob er wirklich der Richtige ist, um helfen zu können? Aber man muss eben alles versuchen und über jede erdenkliche Hilfe dankbar sein. Immerhin scheint er zu wissen, was er will, und diese Charaktereigenschaft müsste man doch eigentlich auch positiv nutzen können. Solche Menschen vermitteln anderen das Gefühl eines großen Selbstbewusstseins, einer enormen Stärke. Andererseits kann sich diese Stärke auch als Härte äußern, und wie sich eben gezeigt hat, auch als Uneinsichtigkeit.

Am Bahnhof von Verona verabschieden sich die beiden mit einem festen Händedruck. „Wir alle sind dir sehr dankbar, dass du uns helfen willst", presst sie sich heraus.

Sein Gesicht erhellt sich. „Ja, wenn ich mein Bestes gebe, werden sich die Probleme in Luft auflösen."

Kapitel 17

Lamina beim Drachen Polka

Der Zwerg Donatus erwartet Lamina vor der Drachenhöhle.

Die gute Fee atmet tief. „Ich staune immer wieder, wenn ich an diesem märchenhaften Ort angekommen bin. Die Dolomiten sind ein großartiges Naturdenkmal von einzigartiger

Schönheit. Der weite Blick über die Berggipfel erzeugt ein befreiendes Gefühl, so, als könnte die Seele meilenweit fliegen."

Der Zwerg lächelt. „Und doch gibt es ganz viele Lebewesen, die diesen Anblick nicht zu würdigen wissen. Manche wollen es nicht, und manche können es nicht. Der arme Polka verbringt auch die meiste Zeit seines Lebens in der dunklen Höhle. Ja, die Drachen haben in ihren Genen nicht die beste Möglichkeit, das Leben positiv gestalten zu können. Oft suchen sie wie magisch angezogen die Dunkelheit und die geheimnisvolle Tiefe."

„Aber trotzdem ist er tiefsinnig", bemerkt Lamina. „Und deswegen möchte ich ihn fragen, ob er mir helfen kann."

Donatus seufzt. „Ach ja, wir Zwerge wissen es alle. Es geht um die Streitigkeiten zwischen Kasimir und Maximo."

„Richtig, und dabei geht es auch um Nüssli, denn sie ist ja das Hauptproblem. Wenn es eine Möglichkeit gäbe, ihre Boshaftigkeit und ihr Machtbedürfnis auszuschalten, gäbe es gar keinen Grund für die beiden Drachen, sich zu streiten."

„Ich glaube nicht, dass Polka heute sehr kommunikationsbereit ist, er hat nämlich Kopfschmerzen, weil er sich schon zu viele Gedanken darüber gemacht hat. Zwanzig Zwerge haben sich schon bemüht, seinen Nacken zu massieren, aber sie haben es nicht geschafft, ihm Entspannung zu verschaffen."

„Dann werde ich es wohl auch nicht schaffen", vermutet die Fee. „Trotzdem möchte ich dich bitten, Polka einmal zu fragen, ob er ein paar Minuten für mich Zeit hat."

„Das tue ich gern für dich", antwortet Donatus freundlich. „Ich weiß, dass du immer für eine gute Sache kämpfst. Dazu möchte ich auch etwas beitragen, wenn es auch nicht viel sein kann."

„Wenn du es schaffst, dass mich Polka anhört, dann hast du schon viel erreicht", versichert sie ihm.

Er bittet sie, am Höhleneingang zu warten und verschwindet im Inneren des schwach erleuchteten Ganges. Lamina macht es sich auf der Holzbank vor den wilden Rosen bequem und schaut den Hummeln zu, die sich in den Blüten tummeln.

Nach einer Weile erscheint Donatus, auf seinem Gesicht liegt Heiterkeit. „Du wirst zwar Polka nicht zu Gesicht bekommen, aber immerhin will er sich mit dir unterhalten. Ich darf dich in sein Wohnzimmer führen, und du kannst dich brav in einen bequemen Sessel setzen, während Polka hinter dem Paravent auf dem Diwan liegt und zuhört."

„Das hört sich großartig an", freut sich die Fee und folgt ihm durch einige schwach erleuchtete Höhlengänge.

„Es tut mir leid, dass es hier so dunkel ist", bemerkt Donatus. „Aber wenn Polka Kopfschmerzen hat, mag er kein grelles Licht. Ich hoffe. du kannst genug sehen und stolperst nicht."

Lamina lächelt. „Damit haben wir Feen kein Problem. So wie die Glühwürmchen haben wir auch unser eigenes Licht, dass wir in einer variierenden Helligkeit einschalten können. Wir brauchen also keine Taschenlampen."

Der Zwerg führt sie in einen großen Raum, an dessen Wänden blaue und violette Halbedelsteine schimmern. „Das ist das Wohnzimmer", flüstert er und zeigt auf einen großen Plüschsessel, „und dort kannst du sitzen." Nach diesen Worten schleicht er sich leise hinaus.

Die Fee setzt sich in den weichen Sessel und fühlt sich gut aufgehoben. Abwartend blickt sie auf den Paravent, hinter dem sich ein Schatten bewegt.

Kurz darauf hört sie Polkas sonore Stimme. „Ich grüße dich, liebe Lamina! Und ich kann mir denken, warum du gekommen bist. Ich selbst zerbreche mir auch schon die ganze Zeit den Kopf und habe schon Kopfschmerzen davon, denn ein Drachen-Gehirn ist nicht dafür geschaffen, tagelang Probleme zu wälzen. Sicher bist du gekommen, weil du hoffst, dass ich zwischen Kasimir und Maximo vermittele. Ist es nicht so?"

„Danke, dass du mich empfangen hast", beginnt die Fee. „So viel Unmögliches möchte ich gar nicht von dir verlangen, geschweige denn, dir vorschreiben, auf welche Art und Weise du dich einbringen könntest. Ich habe nur die Bitte, mir in irgendeiner Form zu helfen, vielleicht auch nur mit einer guten Idee."

„Dann will ich mich einmal bemühen", verspricht er. „Ich habe mir nämlich auch schon über die ganze Sache ausgiebig Gedanken gemacht. Kasimir ist derjenige, der momentan Forderungen aufstellt. Deswegen rate ich dir, diesen hyperaktiven Drachen einmal aufzusuchen. Er muss zunächst einmal besänftigt werden, damit die Sache nicht gleich eskaliert. Tatsächlich besitze ich etwas, das Kasimir gern haben möchte. Du könntest ihn besuchen, und ihm erst einmal ins Gewissen reden. Wenn er dann immer noch nicht vernünftig wird, kannst du ihn mit dem Geschenk locken."

„Das ist ein guter Gedanke", findet sie. „Ich werde mich bemühen, bei Kasimir diplomatisch zu sein."

„Das hilft bei ihm nichts", weiß Polka. „Er ist ziemlich aggressiv und muss immer erst einmal Dampf ablassen, bevor er sich beruhigt. In dieser Phase ist er dann nicht ansprechbar. Da musst du einfach abwarten."

Sie lächelt. „Gut, dass ich das weiß. Dann kann ich mich vorbereiten. Was können wir jetzt gegen Nüssli vornehmen? Können wir uns in irgendeiner Weise vor ihr schützen? Ich denke, wir müssen jederzeit irgendetwas Schlimmes von ihr erwarten."

„Ja, Nüsslis Machthunger ist unstillbar. Sicher zieht sie schon wieder an den Fäden, um alle Puppen tanzen zu lassen. Wir müssen auf alles vorbereitet sein."

„Wie ist es denn mit Nüsslis Sohn? Ist er so schlimm wie seine Mutter?"

„Sicher hat er den Ehrgeiz, noch intensiver zu sein und zu werden als seine Mutter. Die beiden haben eine sehr enge Verbindung, und da könnt ihr von ihm auch nichts anderes erwarten als von Nüssli."

„Federica hat sich gerade mit ihm in Verona getroffen, und sie ist völlig irritiert und weiß nicht, was sie von ihm halten soll. Er behauptet, ihr helfen zu wollen, aber sie ist sich nicht sicher, ob er das kann und wie er das meint. Warum haben die beiden, Nüssli und Hieronymus, eine so enge Verbindung? Ist das immer so zwischen Mutter und Sohn?"

„Das ist eine ganz alte Geschichte. Sicher kennst du den Ödipuskomplex und die Liebe oder Hassliebe zwischen Mutter und Sohn. Das ist häufig ein großes Machtspiel. Frauen rächen oft ihre negative Erfahrung, die sie mit Männern gemacht haben, während der Erziehung ihrer Söhne. Dann wird manipuliert und der Junge in eine Abhängigkeit manövriert, durch die diese Mütter ihren ganzen Machthunger befriedigen können."

Die gute Fee überlegt. „Der Sohn ist die Marionetten-Puppe, und die Mutter freut sich, weil er all das tut, was sie sich wünscht, und sie dabei sogar im Hintergrund bleiben kann. Was sie in ihrem Leben nicht geschafft hat, sei es nun gut oder böse, das setzt er mit ihrer Rückendeckung in die Tat um. Das ist genial, aber nicht gut."

„Leider gibt es auch immer genial teuflische Sachen", stimmt ihr Polka zu. „Aber jetzt muss ich mich wieder ausruhen. Ich rate dir und Federica also, auch bei Nüssli schon sehr vorsichtig zu sein. Bei der Brille der Erkenntnis habt ihr schon einen Rat geholt, das war während der letzten Eskapade, mit der die böse Fee die Welt erschreckte. Dann verrate ich dir jetzt noch besondere Geheimtipps. Im Land Florazien, in dem die Prinzessin Lilli lebt, dort ist die Wunderfontäne, die einem auch manchmal einen guten Rat geben kann. Falls ihr gar nicht mehr weiter wisst, könnt ihr auch dort einmal hinreisen. Auch der Wunschbrunnen von

Sankt Augustine bietet die Möglichkeit, Hilfe zu erlangen. Jetzt verrate ich dir noch den Ort, an dem die Wundertanne steht."

Laminas Augen leuchten. „Das ist ja fantastisch. Jetzt hast du mir schon so viele Tipps gegeben. Und wo steht jetzt diese Wundertanne?"

„Gar nicht so weit von hier, einige Kilometer von den Brenta-Alpen entfernt, in Richtung der nördlichen Zillertaler Alpen. Im Ort Mühlwald befindet sich dieser Baum auf der linken Seite der Durchgangsstraße, die zum Neves-Stausee führt."

„Und warum ist das eine Wundertanne?" erkundigt sich die Fee.

„Das wird sie euch flüstern, wenn ihr dort seid. Sie steht in einer Baumgruppe, und sie ist die höchste und leuchtet im saftigen Grün. Tatsächlich steht sie dort schon seit über siebzig Jahren und weiß so allerhand Geschichten zu erzählen."

Lamina bedankt sich. „Ich bin sehr froh, danke! Du hast mir und uns sehr geholfen. Jetzt wünsche ich dir, dass es dir bald wieder besser geht, und wenn ich etwas erreicht habe, lasse ich dir Bescheid geben, vielleicht hilft dir das auch schon etwas weiter."

Er wehrt ab. „Es ist schon alles in Ordnung mit mir. Donatus steht vor der Tür, und er wird dich jetzt wieder ans Tageslicht führen. Für deinen Rückweg habe ich schon ein paar Tag-Vögel organisiert, die dich beim Abstieg beschützen. Die Nachtschicht, die Fledermäuse, haben sich gerade zur Ruhe begeben."

Die Fee bedankt sich erneut und verlässt leise das Zimmer. Vor der Tür trifft sie auf den Zwerg und lässt sich von ihm aus der Höhle führen.

„Er ist sehr nett, der Polka", findet sie. „Ich glaube, es gibt selten einen Ort, an dem man so friedlich zusammenleben kann."

Donatus lächelt. „Nun ja, ein paar Launen hat er auch. Aber wer hat die nicht?! Dann wünsche ich dir einen guten Abstieg und bei all deinen zukünftigen Unternehmungen recht viel Erfolg!"

Zum Abschied drückt er ihr noch einen kleinen Proviant-Korb in die Hand. „Hier ist alles drin, womit du dich stärken kannst."

Lamina freut sich. „Jetzt kann eigentlich nichts mehr schiefgehen."

Kapitel 18

Die Hexe Nüssli und ihre Freundin Firlefanz

Die beiden Frauen wandern durch das große Feld der Nachtschattengewächse.

Die böse Fee hält die junge Frau am Arm fest. „Das ist jetzt endlich deine Chance, einmal ganz groß herauszukommen, und die musst du ergreifen! Jetzt oder nie! Mein damaliger Helfer Mettlach sitzt seit unserer letzten Arbeit im Gefängnis. Doch im Nachhinein finde ich, dass ich mit ihm nicht gut beraten war. Er war eben leider ein Mensch und weder ein überirdisches noch ein unterirdisches Wesen."

„Was kann ich denn tun?" fragt Firlefanz erwartungsvoll.

„Zunächst einmal musst du für die Öffentlichkeit deinen Namen ablegen, denn die Menschen geben sehr viel um Namen. Von nun an heißt du Camilla. Das ist doch ein hübscher Name, oder?"

Firlefanz rümpft die Nase. „Das erinnert mich an die Kamillenteepflanze, und die stinkt schrecklich."

„Alle guten Sachen stinken schrecklich", behauptet die Hexe. „Aber es gibt ja genug Parfüm auf der Erde, und damit kannst du dich einschmieren, so viel du willst. Du heißt von jetzt an Camilla, und damit basta. Wenn du gleich bei solchen Kleinigkeiten protestierst, bist du für unser Vorhaben ungeeignet. Willst du nun mitmachen oder nicht?"

„Natürlich will ich mitmachen, ich möchte eine Meisterin werden, und dafür würde ich so gut wie alles tun."

Nüssli grinst. „Das ist die richtige Einstellung. So gefällst du mir! Du musst dich zunächst einmal mit dem Frosch Hoppla beschäftigen."

„Mit einem Frosch? Um Himmels Willen! Muss ich den etwa auch küssen?"

„Ihr immer mit eurer Küsserei", schimpft die böse Fee. „Er ist schon seit langer Zeit in die gute Fee Lamina verliebt, aber er ist zu schüchtern und zu feige, um es ihr zu sagen. Stattdessen erzählt er traurige Geschichten und behauptet in einen pinkfarbenen Smiley verliebt zu sein. Und natürlich erfindet er ganz viele traurige Geschichten, weil er sonst seinen Liebeskummer nicht ertragen kann. So kann er seinen Frust rauslassen und trotzdem über seine traurige Liebe reden."

„Und was soll ich bei der ganzen Sache tun?"

„Du musst dafür sorgen, dass sich Hoppla in dich verliebt oder zumindest eine gute Beziehung zu dir findet, denn ich brauche ihn unbedingt in den Einrichtungen des Kuschelkaters Jeremias."

Firlefanz hebt die hübschen dunklen Augenbrauen. „Was hat denn ein Frosch dort zu suchen?"

Nüssli seufzt. „Du liebe Zeit, ich hätte nie geglaubt, dass du so wenig verstehst. In diesen Einrichtungen werden Kinder und Erwachsene dazu gebracht, ihre Gefühle zu entwickeln. Sie lernen, sich zu lieben und miteinander zu kuscheln. Sie lernen ein gutes Miteinander und eine gute Kommunikation. Damit bekämen wir eine Welt voller friedliebenden Menschen. Und das kann ich nicht gebrauchen."

„Und ein Frosch soll den Unfrieden stören?" fragt sie naiv.

„Er soll natürlich in all den Bewohnern dieser Einrichtungen negative Gedanken in Bewegung bringen, er soll Zweifel und Ängste schüren, schlechte Laune verbreiten und in seinen Geschichten alles schwarz malen. Kinder hören doch sehr gern Geschichten und Erwachsene auch. Mit solchen Informationen kann man regelrecht gefüttert werden, und dazu brauche ich eben den Frosch Hoppla. Hast du das jetzt verstanden?"

Firlefanz nickt. „Natürlich, ich bin doch nicht blöd. Ich soll mich also herausputzen und verführerisch aussehen, damit ich auf Hoppla erotisch wirke, und soll ihn dann wie eine Spinne in meinem Netz einfangen."

„Nein! Das wäre absolut falsch. Lamina ist eine absolut unerotische Person, sie ist eine gute Fee und hat etwas Mädchenhaftes, Jungfräuliches an sich. Sie ist sehr sauber und ehrlich und hat eine reine Seele, aber unreif. Feen sind sozusagen noch nicht in der Pubertät gewesen und haben ihre Weiblichkeit noch nicht entdeckt. Damit sind sie natürlich viel weniger mit sich selbst beschäftigt und wollen stets anderen Menschen helfen. Natürlich könnte es einmal passieren, dass sie sich in jemanden verliebt, und dann hat sie die Wahl, entweder eine Fee zu bleiben oder sich in eine erotische Frau zu verwandeln. Das darf natürlich in der nächsten Zeit nicht geschehen, und dafür werde ich sorgen. Du musst aber in der Zwischenzeit dafür sorgen, dass sich Hoppla in dich verliebt. Aber dafür musst du dich wie Lamina verhalten, denn er hat wohl einen Gefallen an dieser unschuldigen Jungfrau gefunden. Also musst du dich bei ihm wie eine gute Fee verhalten. Fühlst du dich dazu imstande?"

„Natürlich. Das wird für mich eine Kleinigkeit sein", behauptet sie. „Soll ich lieber ein Matrosenkleid oder einen Hosenanzug mit Nadelstreifen anziehen, wenn ich ihn besuche?"

Die böse Fee runzelt die Stirn. „Nichts dergleichen! Du trägst eine weiße, hoch geschlossene Bluse und dazu einen weißen Rock, der bis über die Waden geht."

„Dann kann ich ja gleich als Krankenschwester gehen", sagt Firlefanz schnippisch.

„Du musst dich schon genau an meine Anweisungen halten, sonst werde ich mir doch noch eine andere Person aussuchen, die geeigneter ist als du", antwortet Nüssli ungehalten.

„Muss ich etwa auch jedes Wort auswendig lernen oder habe ich da einen gewissen Spielraum?"

Die Fee seufzt. „Ich glaube, du hast den Ernst der Lage noch nicht erfasst. Es ist für die ganze Welt wichtig, dass du Hoppla dazu bringst, nach meinen Anweisungen Märchen zu erzählen."

„Und du bist ganz sicher, dass er das tun wird, wenn er sich in mich verliebt hat? Sollten wir ihm nicht lieber Gold und Geld anbieten oder ein paar leckere Fliegen?"

„Er muss sich in dich verlieben, damit er bereit ist, dir Wünsche zu erfüllen. Dafür musst du ihn natürlich immer schön an der langen Leine halten. Da ist es wichtig, dass du ihn zappeln lässt, seine Fantasie anregst, in ihm Wünsche weckst, die du ihm aber nicht erfüllt."

„Also geht es doch um Erotik, oder habe ich das jetzt falsch verstanden?"

„Nein, du wirst eher seinen Beschützerinstinkt erwecken, seine krötenhafte Ritterlichkeit. Die männliche Seele hat eine Menge Sehnsüchte, nicht nur die eines Schmetterlings, der sich am Nektar der Blüten erfreut."

Die Augen der jungen Frau werden rund. „Was wollen sie denn noch?"

„Sofern sie sich von ihrer Mutter abgenabelt haben, suchen sie eine neue Mutter, damit sie es bequem haben. Sie suchen eine Tochter oder auf jeden Fall eine hilflose, manchmal junge Frau, die sie beschützen und dirigieren können. Sie suchen jemand, der sie maßlos bewundert und für die sie ein Held sind. Manchmal suchen sie eine Blütenknospe, die sich in ihren Händen entfaltet …“

Firlefanz hält sich die Ohren zu. „Halt! Halt! So viel wollte ich gar nicht wissen. Oh Himmel, nein! Und was soll ich jetzt genau für Hoppla sein?“

„Die Unerreichbare, die in ihm alle seelischen Sehnsüchte erweckt, die Märchenhafte und die Geheimnisvolle.“

Die junge Frau stöhnt. „Also auf jeden Fall nicht die Rapunzel, die ihr Haar herunterlässt und ihren Ritter daran ins Kämmerlein zieht. Also eher ein Dornröschen hinter der duftenden

Rosenhecke, die so voller Dornen ist, dass sich jeder Fremde die Finger blutig sticht."

„Ich glaube, ich werde dir einen Knopf ins Ohr stecken, damit ich dich laufend instruieren kann. Eine winzige Videokamera ist wahrscheinlich auch nicht schlecht, damit kann ich dich unentwegt beobachten."

Firlefanz schmollt. „Das hört sich nicht prickelnd an. Und was wird mein Lohn sein? Wird sich Hoppla in einen wunderschönen Prinzen verwandeln oder schenkst du mir eine Villa in Kalifornien?"

„Ich hatte an eine Kette von Modesalons gedacht, Paris, Venedig, New York. Wäre das nicht etwas für dich?"

Die junge Frau überlegt. „Ich glaube, darüber müssen wir noch verhandeln."

„Ich gebe dir genau vierundzwanzig Stunden Zeit", antwortet Müsli streng. „So lange darfst du überlegen."

Kapitel 19

Die gute Fee besucht Kasimir

„Wir müssen an der Burg Teck vorbei",
weiß Jorge, als sich Lamina und der Zwerg
auf die Reise nach Baden-Württemberg
machen. „Die damit verbundene Sage ist
auch ziemlich berühmt, denn dort lebte in
einer Höhle die sagenhafte Sibylle, über
die es viele Erzählungen gibt. Sie muss
recht böse gewesen sein und erinnert
mich an unsere Nüssli, und ich bin
heilfroh, dass sie sich schon seit langer
Zeit nicht mehr blicken lässt."

Die gute Fee nickt. „Ich habe auch einiges über sie gehört, auch über die Höhle, die man heute noch unterhalb der Burg Teck aufsuchen kann. Sagen und Geschichten gibt es hier in diesem Land genug, aber wir beschränken uns jetzt auf den Schalksberg in der Nähe von Würzburg, in dem Kasimir haust."

Jorge sieht in die Wolken und wendet sich an den Betreiber des Heißluftballons. „Wie weit ist es noch? Wann werden wir landen können."

Nikolaus Wendehals lächelt seine Mitreisenden an. „Leider habt ihr die meisten wunderschönen Berge und Burgen von Baden-Württemberg wegen der dichten Wolkendecke verpasst. Wir werden gleich neben dem Schalksberg landen und der Höhleneingang ist nur ein paar Meter weiter."

„Ist das denn her nicht schwierig", wundert sich der Zwerg. „Ich habe noch unsere Dolomiten vor Augen, da war doch ein spitzer Gipfel neben dem anderen."

Nikolaus lächelt. „Hier gibt es weder so hohe noch so spitze Gipfel, allerdings ein paar steile Berge an der schwäbischen Alb. Der Bergrücken, auf dem wir landen, ist so flach wie ein Brot, da haben wir mit Sicherheit keine Probleme. Wir werden gleich am Boden sein."

Lamina freut sich. „Das passt mir sehr gut, denn diese Reise war schon extrem lang und immer, wenn ich viel vorhabe, kann ich es kaum abwarten, mit meiner Arbeit beginnen zu können."

Der Zwerg hebt die Augenbrauen. „Ob du dich jetzt an diese Arbeit drängen solltest?! Ich bezweifle sehr, dass es einfach sein wird, diesen hitzköpfigen Drachen zu beruhigen. Mein schwäbischer Freund, Giacomo Limoncello hat mir gestern noch geschrieben, und das Kasimir wieder einmal ordentlich getobt hat. Die Erdbeben waren meilenweit zu spüren."

„Seid ihr auch angeschnallt?" erkundigt sich Nikolaus. „Wir landen jetzt."

„Sind wir!" sagen die beiden Mitreisenden wie aus einem Mund.

„Wir sind bereit", fügt die Fee hinzu.

Wenige Sekunden später fühlen sie den festen Boden unter sich, der Driver ist sanft gelandet und vertäut die Stricke.

Die Fee klettert aus dem Korb und freut sich über die grün-bunte Blumenwiese, auf der sie sich befinden. „Das ist auch eine hübsche Gegend." Sie schaute sich um. „Schöne Wiesen! Lediglich die gigantischen Berge fehlen. Und der Boden schwankt noch ein bisschen unter mir. Aber ich glaube nicht, dass es sich um Erdbewegungen von Kasimir handelt. Ich denke, ich fliege noch ein bisschen."

Jorge und Nikolaus folgen ihr, der Zwerg entdeckt den Höhleneingang. „Wir sind ja schon da!" ruft er überrascht aus. „Und ich sehe auch schon Giacomo, der auf uns wartet."

Nikolaus zieht sich zurück. „Viel Erfolg wünsche ich euch, und ich werde erst mal ein Nickerchen machen." Mit diesen Worten legt sich ins Gras.

Limoncello begrüßt die Ankommenden. „Du darfst mich Giacomo nennen", wendet er sich an Lamina. „Kasimir sitzt gerade am Mittagstisch und verspeist seine Maultaschen, aber ihr dürft euch ruhig dazusetzen. Ab und zu findet er es lustig, beim Essen Unterhaltung zu haben."

Sie staunt. „Wir dürfen ihn sehen?!"

Giacomo nickt. „Er hat nichts zu verbergen und sich heute Morgen noch seine Rückenflossen mit Pomade eingecremt, damit sie schön glänzen."

Jorge schmunzelt. „Sicher hat er mehr Selbstbewusstsein als unser Polka. Aber wir lieben unseren Drachen."

Der schwäbische Zwerg führt die beiden Reisenden in die hell erleuchtete Höhle, in der ihnen laute Volksmusik entgegendringt.

Lamina amüsiert sich. „Das klingt munter und gar nicht kriegerisch. Es macht mir Hoffnung, und ich bekomme das Gefühl, ein Gespräch kann sich lohnen."

Giacomo öffnet die Tür zu einem großen Raum, in dem Kasimir an einem riesigen Tisch sitzt und vergnüglich speist.

Seine grüne Farbe leuchtet und glänzt, während er sich erhebt. „Herzlich Willkommen, ihr italienischen Einwohner von San Lorenzo! Ihr müsst entschuldigen, dass ich jetzt weiteresse! Aber diese Speisen sind so köstlich, und sie schmecken einfach am besten, wenn sie heiß sind. Wenn ihr mögt, setzt euch einfach dazu, lasst es euch schmecken und langt tüchtig zu!"

Die beiden Gäste lehnen dankend ab und setzen sich, auf seine Aufforderung hin, an die andere Seite des Tisches auf bequeme Stühle.

Kasimir bedient sich mit einer großen Portion Spätzle. „Giacomo Limoncello hat mir bereits mitgeteilt, worin euer Anliegen besteht. Ihr möchtet mich also bitten, dass ich mich mit Maximo einige und ihn in Ruhe lasse."

„Der Weltfrieden ist uns sehr wichtig", teilt ihm die Fee ihre Meinung mit.

Der Drache nimmt einen Schluck Bier. „Natürlich, natürlich! Wer will das nicht?! Aber so ein kleiner Streit ist doch wie das Salz in der Suppe. Und ein bisschen Pfeffer schmeckt doch auch ganz gut. Außerdem finde ich, dass sich der gute vulkanische Ätna-Drache immer sehr überheblich benimmt. Seine ewige Lava-Spuckerei zeigt, dass er viel Aufmerksamkeit will, und diese ewige Qualmerei mit dem stinkenden gelben Rauch aus dem großen Krater muss doch auch nicht sein. Da sollte man ihm doch mal beibringen, kleine Brötchen zu backen."

Er nimmt sich ein Pizzabrötchen aus dem Korb und stopft es in den Mund.

Die Fee seufzt. „Es gab und gibt immer viel zu viele Kriege, da ist es wichtig, auch bei den geringsten Anlässen hinzuschauen und Vorsorge zu treffen. Vielleicht können wir alle zusammen statt eines Kräftemessens der Drachen, der Giganten, eine friedliche Lösung finden."

Kasimir leert das Glas. „Und was schlägst du vor?"

Lamina besinnt sich. „Zunächst einmal können sich alle Drachen zusammenschließen, dann können alle guten Ideen zusammengefügt werden. Wir sind gerade dabei, herauszufinden, wo sich Nüssli aufhält und was sie im Schilde führt. Schließlich kann man sie nicht immer in einem Gefängnis halten. Die bösen Feen leben gefühlt eine Ewigkeit, irgendwann wäre sie auf jeden Fall wieder einmal in die Freiheit entlassen worden. Deswegen müssen wir lernen, uns grundsätzlich vor ihr zu schützen, möglichst eine Möglichkeit finden, wie man sie in Grenzen halten kann."

Der Drache greift nach einem Schüsselchen mit roter Götterspeise, gießt Vanillesauce darüber und rührt mit dem Löffel in der Schale. „Hast du auch eine Idee, wie man sie unschädlich machen kann?"

Lamina atmete tief. „Ich habe gestern noch einmal mit der Prinzessin von San Lorenzo darüber gesprochen. Wir gehen davon aus, dass Nüssli keine sinnvolle Tätigkeit ausübt, die ihren Talenten entspricht. Möglicherweise sollte man sie dazu überreden, ein kompliziertes Problem der Erde zu lösen. Vielleicht gibt man ihr eine spezielle Arbeit, irgendetwas, das mit der Erderwärmung zu tun hat."

Kasimir schmunzelt. „Ihr wisst ja gar nicht, wie heiß die Erde überall dort ist, wo sie nicht gerade außen verkrustet. Es ist ziemlich heiß unter euren Füßen, und das wisst ihr gar nicht. Davon kann Maximo bestimmt eine ganze Menge erzählen."

Die Fee holt erneut aus. „Meinst du nicht auch, es gäbe eine Möglichkeit, sich friedlich um all diese Probleme zu kümmern?"

Der Drache steckt sich einen Käsewürfel in den Mund. „Man soll eine Mahlzeit immer mit einem Stück Käse beenden, Käse schließt nämlich den Magen. Polka hat mir doch ein Geschenk versprochen, davon haben mir die gut vernetzten Zwerge erzählt. Was ist es denn? Womit will mich euer Dolomiten-Drache bestechen?"

Lamina seufzt und holt ein kleines Päckchen aus ihrer Jackentasche. „Das sind die neuesten pflanzlichen Tabletten, die die Hirnfunktionen verbessern. Wenn man sie lutscht, bekommt man umgehend Lust darauf, die grauen Zellen zu trainieren. Polka hat sie mir kurz vor unserem Abflug zukommen lassen, weil er glaubt, dass du damit besser trainiert bist als Maximo. Magst du eine davon gleich einnehmen?" Sie reicht ihm das Päckchen.

Kasimir gähnt „Jetzt bin ich erst einmal gesättigt. Außerdem bin ich davon überzeugt, dass ich viel schlauer bin als der Ätna-Bewohner."

„Dann zeig doch einmal, dass du der Klügere bist, und gib nach!" schlägt ihm die Fee vor.

Der Drache lacht laut. „Mit diesem Spruch wollten sie mich schon reinlegen, da war ich noch ein Babydrache. Wer nachgibt, ist nämlich nachher ganz schön angeschmiert." Er atmet tief. „So, und jetzt werde ich schlafen gehen. Mein Mittagsschlaf ist eine heilige Sache. Aber es war schön, dass ihr mich hier so amüsant unterhalten habt. Ihr seid wirklich ein paar nette Wesen, und ich wünsche euch jetzt einen angenehmen Heimflug!" Er lehnt sich zurück, schließt die Augen und schläft umgehend ein.

Eilig führt Giacomo die Gäste aus dem Zimmer. „Kommt schnell! Wenn er erst einmal anfängt zu schnarchen, dann wackelt hier alles. Außerdem reagiert er manchmal in verzögerter Reaktion allergisch auf Fremde. Und es könnte durchaus sein, dass er dann gleich im Schlaf anfängt zu niesen. Was dann passiert, das könnt ihr euch sicher vorstellen."

Der schwäbische Zwerg führt die Besucher aus der Höhle und verabschiedet sie vor dem Heißluftballon. „Sicher wird er irgendwann mal wieder mit euch Kontakt aufnehmen", meint er ohne Überzeugung in der Stimme.

Kapitel 20

Federica und Lamina in San Lorenzo

Die beiden Freundinnen fallen sich in die Arme und begrüßen sich herzlich.

„Es ist so schön, dich wieder zu sehen", sprudelt es aus der guten Fee heraus.

„Und ich bin so froh, dass wir uns wieder einmal persönlich unterhalten können."

„Da bin ich ganz deiner Meinung", stimmt die Prinzessin zu. „Und es ist ja inzwischen auch schon eine ganze Menge passiert."

„Leider sind Jorge und ich nicht erfolgreich gewesen", bedauert Lamina. „Weder Maximo noch Kasimir haben sich wirklich einsichtig gezeigt. Warum sind Drachen bloß so stur?"

Federica überlegt. „Sturheit beobachte ich häufig bei Menschen, die Angst haben einen gewohnten Weg zu verlassen, selbst wenn er voller Schlaglöcher ist."

Die Fee runzelt die hübsche Stirn. „Bei diesen beiden riesigen Exemplaren mit dem relativ kleinen Hirn habe ich eher den Eindruck, dass sie zu bequem sind und gar kein Interesse haben, sich wirklich einmal voranzubewegen. Deswegen bin ich im Moment ziemlich ratlos."

„Glücklicherweise ist bis jetzt noch nichts sichtbar Schlimmes passiert", fügt die Prinzessin hinzu. „Von Nüssli hört und sieht man im Moment nichts. Das muss natürlich noch nichts heißen, aber immerhin verschafft uns das etwas Zeit. Inzwischen habe ich begonnen, bei Jeremias, dem Kuschelkater zu arbeiten, und es macht einen riesigen Spaß, die Kinder für Musik zu interessieren."

„Das hört sich doch schon einmal gut an", findet Lamina und nippt an ihrer Limonade. „Bei Hoppla bin ich leider noch nicht weitergekommen. Er ist etwas seltsam."

„Wie meinst du das? Ist er nicht nett zu dir?"

„Doch, er ist sehr nett. Aber er redet immer um den heißen Brei herum und kann sich einfach nicht entscheiden, ob er jetzt auch zu Jeremias kommen will oder nicht. Alle Gründe, die er für seine mangelnde Entscheidungskraft angibt, kommen mir wie Ausreden vor. Dabei habe ich ihm neulich einmal zugehört, und ich finde, dass er wirklich hübsche Geschichten erzählt."

„Genau deswegen eignet er sich so gut für die Einrichtungen des Kuschelkaters", findet die Prinzessin. „Mit Hieronymus, Nüssli Sohn, habe ich mich inzwischen auch zweimal getroffen, aber ich werde nicht wirklich schlau aus ihm. Manchmal habe ich den Eindruck, er will mich nur hinhalten."

Die Fee sieht ihre Freundin neugierig an. „Und wie ist er so? Er soll ja hübsch und charmant sein."

„Mir gegenüber ist er recht fordernd, und er verlangt immer, dass ich sofort springe, wenn er ruft. Normalerweise würde ich mir das nicht gefallen lassen, aber es geht mir um die gute Sache, und deswegen gebe ich immer nach."

„Das solltest du nicht einreißen lassen", findet Lamina. „Jetzt nimmt der deinen kleinen Finger, und später die ganze Hand. Was sagt denn eigentlich Mario dazu, dass du mit Nüsslis Sohn so viel Zeit verbringst?"

„Er versteht das. Wir haben in der letzten Zeit sowieso nicht viel Zeit für uns, denn Mario ist genauso begeistert von den Kuschelstuben wie ich, und er hat begonnen, ebenfalls mit den Kindern zu musizieren und mit ihnen zu spielen. Wir haben beide viel Freude daran."

„Das ist doch wenigstens schon etwas", freut sich die Fee. „Ich bin auch froh, dass mich Jorge überallhin begleitet. Und in der letzten Zeit sind wir sehr viel gereist, das weißt du ja. Am Ätna war es schon ziemlich heiß, und ich hatte schon ein paar mulmiges Gefühle."

Federica lächelt. „Das kann ich mir vorstellen. Das hätte ich an deiner Stelle genauso empfunden. Die ganzen Höhlen in dem feurigen Riesen mit seiner eiskalten Mütze sind schon verwirrend, und der ganze Koloss erscheint mir sehr gigantisch. Und wenn ich mir dazu noch so einen dunklen Maximo vorstelle, dann gruselt es mich ein bisschen, obwohl du mir versichert hast, dass er sehr nett und freundlich zu euch war."

„Ja, die Menschen und die Feen sind schon recht merkwürdig mit ihren Angewohnheiten. Was sie nicht täglich sehen, und was ein bisschen ungewöhnlich ist, dass sehen sie immer erst einmal skeptisch oder sogar ängstlich an. Manchmal ist ein Warnsystem gut, aber ab und zu auch störend."

„Zum Glück läuft es im Moment mit der Engländerin gut", berichtet die Prinzessin. „Sie hat schon sehr viel Spielzeug für die Kinder geschickt. Zwar sind es vorwiegend elektronische Artikel, aber damit müssen die Kinder von heute ja auch umgehen lernen. Jedenfalls ist es viel teurer Kram, und ich denke, sie hat es sehr gut gemeint. In ein paar Tagen will sie dann die ersten großen Lieferungen dieser besonderen Brillen schicken, und darauf sind wir alle schon sehr gespannt."

„Sie scheint wirklich eine sehr nette Frau zu sein. Man muss erst einmal auf die Idee kommen, diese Brillen an die Kuschelstuben zu verteilen. Bisher wusste ich nur, dass Menschen ihre alten, abgelegten Brillen zu den ganz armen Menschen schicken, die sich keine Sehhilfen leisten können. Diese Mary möchte ich auch einmal kennenlernen."

„Ich werde sie dir gern einmal vorstellen", verspricht Federica. „Aber jetzt müssen wir noch einmal zu den aktuellen Plänen kommen. Polka hatte dir ja so einige Vorschläge gemacht und ich habe nun schon einmal vorsortiert. Der freundliche Drache hatte dir ja diesen magischen Brunnen vorgeschlagen, bei dem wir uns

Rat holen könnten. Da habe ich dann auch bei Prinzessin Lilli, die übrigens bald heiraten wird, angefragt, ob wir bald einmal nach Florazien fahren dürfen, um den Brunnen zu befragen. Doch momentan wird er gerade renoviert, denn ein Erdbeben hat einen Defekt verursacht."

„Wir haben auch unseren eigenen Brunnen im Märchengarten, aber den soll man nur allen Menschen überlassen, die weder feenhafte Kräfte haben noch Prinzessinnen sind. Warum ist das eigentlich so?" will Lamina wissen.

„Das ist ganz einfach. Von Feen und Prinzessinnen weiß man, dass sie sich erst einmal selbst helfen müssen. Das ist ähnlich wie bei den Kapitänen auf See, die müssen auch erst mal für ihre Matrosen oder Passagiere sorgen, und ihre eigenen Wünsche hintenanstellen. Natürlich habe ich auch in Sankt Augustine bei Adelaide nachgefragt, ob wir momentan die

Möglichkeit hätten, den Wunschbrunnen zu befragen."

„Und was hat sie gesagt?"

„Sie freut sich sehr auf uns. Aber im Augenblick ist sie nicht im Schloss. Und sie würde mich gern einmal wiedersehen, deswegen bat sie mich, doch zuerst einmal zu der Wundertanne nach Mühlwald zu fahren. Dieser Ort sei ja auch gar nicht so weit von hier. Sie meinte, an diesem Ort könnten auch Wunder passieren, und ihre Geschichte sei auch damit verbunden."

„Weißt du etwas darüber?"

Federica nickt. „Dort hat sie ihren Traummann kennengelernt, und ich glaube, an diesem Ort haben sie sich zum ersten Mal geküsst. Daraus ist dann eine ewige Liebe geworden."

Lamina runzelt die Stirn. „Es scheint ja ein sehr romantischer Ort zu sein, aber eigentlich benötigen wir eher einen starken Kraftquell gegen diese böse Hexe. Ein Ort der magischen Liebe ist vielleicht nicht der richtige für uns und unsere Zwecke."

„Ist Liebe nicht die stärkste Kraft? Das müsstest du doch als Fee am besten wissen, oder?".

„Im Prinzip hast du schon recht. Aber man braucht Hoffnung und ganz viel Geduld, und dazu gehört wiederum Zeit. Doch die Zeit haben wir jetzt nicht. Kennst du noch irgendeinen anderen magischen Ort?"

„Im Augenblick fällt mir kein weiterer ein, deswegen möchte ich doch morgen einmal nach Mühlwald fahren. Kommst du mit?"

„Natürlich komme ich mit. Ich lasse dich doch nicht allein. Es könnte doch sein, dass Nüssli wieder auf die Idee kommt, dich zu entführen."

„Gut, dann fahren wir morgen früh gleich los, aber weder mit dem Ballon, noch mit irgendeinem anderen Flugobjekt, sondern einfach mit dem Auto. Bist du einverstanden?"

„Natürlich, und ich werde Jorge bitten, dass er uns einen großen Picknickkorb dafür zurecht macht. Denn dieser Ausflug wird uns wahrscheinlich wie ein kleiner Urlaub vorkommen, dieses grüne Tal mit den vielen romantischen Aussichten ist wie gemacht für einen erholsamen Tag."

Die Prinzessin freut sich. „Abwarten ist nicht so meine Stärke. Es ist gut, wenn man etwas tun kann."

## Kapitel 21

### Federica und Lamina in Mühlwald

Auf den saftig grünen Wiesen, die sich in kleinen Hügeln das Tal hinauf ausbreiten, stehen vereinzelte Baumgruppen, in denen sich dunkle Nadelbäume Meter hoch in den Himmel recken. Der Bach, der zur Schneeschmelze oft über die Ufer drängen mag, schlängelt sich durch die Windungen des bergigen Landes und führt gerade jetzt, im späten Sommer, nur ein leicht plätscherndes Wasserband, dass sanft rauschend hinabeilt.

Die kurvenreiche Straße lässt sich gut befahren und ist zur frühen Morgenstunde noch fast leer. Nach einigen Windungen erreichen Federica und die Fee den Meggima-See, hinter dem sich das Panorama der nördlichen Zillertaler Alpen aufbaut. Im Blickfeld erscheint der weiße Kirchturm von Mühlwald, der den kleinen und doch bekannten Ort im nördlichen Italien überragt.

„Hier hat sich in vielen Jahren kaum etwas verändert", weiß Federica. „Der See jedoch, der so aussieht, als sei er in das Land hineingewachsen, ist tatsächlich erst später angelegt worden, eine ganze Zeit nach der Errichtung der Neves Talsperre hoch oben am Ende des Tales."

„Das hätte ich jetzt nicht gedacht", bemerkt Lamina. „Er sieht nicht künstlich aus, sondern wie von der Natur erschaffen. Aber ich sehe schon, dass dieser Ort eine magische Ausstrahlung hat."

Die Prinzessin nickt. „Er taucht so unerwartet in der Öffnung des Tales auf und bietet den überraschenden Hintergrund, das Alpen-Panorama. So hell und weit wie der Blick, wird es einem auch im Inneren, wenn man hier ankommt."

Sie lenkt den Wagen auf einen kleinen Parkplatz, die beiden Frauen treten ins Freie. Würzige Wiesenluft strömt ihnen entgegen, sie atmen tief ein und aus.

„Hier ist es wirklich märchenhaft", beginnt Lamina zu schwärmen. „Der richtige Ort, um einen Urlaub zu genießen. Und hier kann man sich schon allein in die Landschaft verlieben. Ich glaube, es verlieben sich eine ganze Menge Menschen im Urlaub, weil sie sich dann einfach befreiter fühlen."

„Eine Urlaubsliebe gibt es oft", stimmt ihr Federica zu, „aber bei Adelaide und Moro haben sich Gefühle über alle Hindernisse hinweg erhalten, es war eine Liebe für immer, und es scheint so, als sei etwas von diesem Glanz hier hängen geblieben."

„Dann wollen wir doch einmal diese Wundertanne suchen", beschließt die Fee und strebt der Baumgruppe zu, die sich auf der linken Straßenseite befindet. Die Prinzessin folgt ihr und sieht sich aufmerksam um.

Beide begutachten die Bäume, schauen hinauf bis in die Wipfel, können sich aber nicht entscheiden, welche der dunklen Fichten die größte ist.

„Hier können wir einfach einmal abwarten, ob ein Wind in den Zweigen rauscht", schlägt Lamina vor.

Abwartend bleiben sie stehen und horchen angestrengt.

In diesem Augenblick erscheint ein junger, attraktiv aussehender Mann und spricht die beiden Frauen an. „Kann ich euch irgendwie helfen?"

„Wissen Sie zufällig, welche von diesen Fichten hier die höchste ist?" fragt Federica.

Er lächelt. „Aha! Ihr wisst also auch etwas von dieser alten Geschichte. Da gehen so einige Sagen und Märchengeschichten herum, in denen behauptet wird, dass hier ein magischer Baum wächst."

„Genau deswegen sind wir hier", teilt ihm die Fee mit. „Können Sie uns da weiterhelfen?"

„Zuerst einmal müssen wir Du zueinander sagen, in diesem Tal ist man nicht so umständlich. Danach lade ich euch zu einem Kaffee ein oder irgendeinem anderen Getränk und erzähle euch dabei die ganze Geschichte."

„Mit dem Getränk kannst du noch etwas warten", bittet die Prinzessin. „Aber für die Geschichte wären wir dir sehr dankbar."

„Also gut. Aber nicht, dass ihr mir nachher weglauft! Die Adelaide kam aus dem Norden, einige Hunderte von Kilometern weit weg von hier, und der Moro kam aus dem Süden, auch einige Hunderte Kilometer weit weg von hier. Aber als er sie erblickte, konnte er die Augen nicht mehr von ihr lassen, und er sah sie so lange an, bis sie seinen Blick erwiderte. Das war am Abend, und in diesem Augenblick muss wohl eine Sternschnuppe vom Himmel gefallen sein, und winzige Staubkörner davon haben beide in die Augen getroffen, und sind von dort aus mitten in die Herzen gewandert. Von da an konnten sie die Augen nicht mehr voneinander lassen. Er fand eine Gelegenheit, sie zu den Fichten zu entführen und küsste sie dort. In dem Augenblick verbanden sich auch ihre Seelen und konnten nie mehr voneinander lassen. In diesem Moment ist dann wohl eine zweite Sternschnuppe vom Himmel gefallen und hat die beiden für immer magisch verschweißt."

„Und jetzt sind die beiden glücklich miteinander?" will Lamina wissen.

„Das alles ist schon viele, viele Jahre her. Und weil Moro auch um einiges älter war, ist er auch eher in den Himmel gegangen. Aber Adelaide lebt noch auf dieser Erde, und beide sind eng miteinander verbunden, so, als ob sie noch sichtbar beieinander wären."

„Das klingt wie ein Märchen", findet Federica.

„Aber es ist kein Märchen", sagt der Fremde. „Ich bin übrigens Leonard und führe ab und zu die Touristen in die Berge. Wie ist es jetzt mit dem Kaffee?"

„Ich könnte schon ein Tässchen vertragen", überlegt Lamina. „Dort drüben in dem Hotel Mühlwald?"

Er nickt. „Ja, genau dort, da ist es sehr hübsch. Und es stand schon damals dort, als sich Adelaide und Moro kennenlernten, es ist inzwischen nur ein bisschen renoviert worden."

„Geht schon vor!" bittet Federica die beiden anderen. „Ich möchte noch ein Weilchen hierbleiben und den würzigen Duft der Nadelbäume einatmen. Vielleicht finde ich dann auch heraus, welches der größte Baum ist. Ich werde gleich nachkommen."

Lamina verzieht das Gesicht und flüstert der Freundin zu: „Ich lasse dich ungern allein. Das weißt du doch, oder?"

Die Prinzessin nickt und antwortet ebenso leise: „Ja, aber du musst dir wirklich keine Sorgen machen. Ich bin ganz sicher, dass ich mich momentan nicht in einer akuten Gefahr befinde. In Venedig bin ich auch oft allein, und ich fühle mich mittlerweile sehr gestärkt. Es ist mir bewusst, dass ich auch weiter wachsen kann, bis ich so stark bin, dass ich keine Angst mehr vor Nüssli oder ihresgleichen haben muss."

Die Fee freut sich. „Also gut, Pass gut auf dich auf!"

Während sich Lamina und Leonard entfernen, stellt sich Federica unter den Schatten der alten Bäume und hört dem leisen Rauschen in den Zweigen zu. Plötzlich entdeckt sie einen papageienartigen Vogel, der sein Schnäbelchen öffnet. Deutlich vernimmt sie seine Worte: „Dies ist der Gedächtnisort der Liebe. Liebe ist nicht nur ein Gefühl. So wie es schon in einer berühmten Arie heißt, erkenne auch du, dass Liebe eine Himmelsmacht ist, eine magische Kraft. Lass sie zu, und in dir wirken, und suche am Wunderbrunnen in Sankt Augustine und an der Zauberfontäne in Florazien die weiteren Erkenntnisse!"

Federica zupft sich am Ohr. Träumt sie etwa? Ein Papagei kann doch nicht so viele Worte auswendig lernen. Ob sie sich vielleicht alles nur eingebildet? Ist es eine innere Stimme, die zu ihr spricht? Aber nein, sie hat deutlich gesehen, dass der Vogel sein Schnäbelchen bewegt hat.

Sie sieht das Tierchen an. „Aber was soll ich tun? Soll ich etwa Nüssli oder ihren Sohn Hieronymus lieben, obwohl die beiden Chaos auf der Welt verbreiten?"

Der Vogel zwitschert ihr zu. „Ich habe dir schon genug gesagt. Doch eines will ich dir noch vorweg mitteilen. Sich der Liebe zu öffnen, bedeutet nicht, das zu lieben, was die Harten und Bösen tun. Verurteile das, was sie tun und kämpfe dagegen! Halte an deiner guten, empathischen Lebensweise fest! Alle Zauberer, Hexen und bösen Wesen dieser Erde leben nicht ohne Herz. Man muss es nur finden, denn sie selbst haben es manchmal verloren."

Die Prinzessin seufzt. „Was soll ich denn damit anfangen? Muss ich jetzt Nüssli und Hieronymus lieben, damit die Welt besser wird?"

„Was ich dir heute gesagt habe, ist ein Teil des Puzzles für deine Kämpfe gegen das Böse. Bewahre es in deinem Herzen, fühle, was es bedeutet, und warte auf die nächsten Zeichen."

Federica stöhnt. „Aber Warten ist nicht meine Sache. Inzwischen kann schon viel geschehen. Woher weiß ich denn, dass du nicht ein verzauberter Vogel, ein Freund von Nüssli bist, der mich einfach nur hinhalten soll?"

„Würde ich dann von Liebe sprechen?! Nüssli und Hieronymus machen sich und anderen das Leben nicht leicht. *Wer sich den Lebensweg mit Steinen pflastert, lässt sich nicht viel Platz für Blumen.* Mehr kann ich dir jetzt nicht sagen.

Sammle deine Erkenntnisse und trage sie in deinem Herzen."

„Und woher weiß ich jetzt, dass ich nicht geträumt habe, dass du ein echter Vogel bist und das alles wirklich zu mir gesagt hast?"

Aus der Kehle des Vogels ertönt ein helles Lachen. Er fliegt davon und lässt etwas fallen. Ein winziger Klecks landet auf Federicas Handtasche.

Sie stimmt in sein Lachen ein und erinnert sich daran, dass es Glück bringen soll, wenn ein Vogel auf diese Art und Weise ein Zeichen setzt.

Kapitel 22

Lamina ist verliebt

Als sich Federica im Hotel Mühlberg einfindet, sitzt die Fee allein am Tisch und rührt in ihrer Kakaotasse.

„Wo ist Leonard?" fragt die Prinzessin erstaunt.

„Ich habe keine Ahnung. Er bekam einen Anruf und war kurz darauf verschwunden", antwortet Lamina betrübt.

„Das ist schon merkwürdig. Wir wissen gar nicht genau, wer er war und was er vorhatte. Hoffentlich gehört er nicht zu unseren Feinden!"

„Das wäre eine Katastrophe!" jammert die Fee. „Ich habe mich nämlich in ihn verliebt.

„Er sagte, er sei Bergführer. Möglicherweise ist er dann auch bei der Bergrettung tätig. Dabei wird man manchmal plötzlich zu einem Notfall gerufen."

„Das wäre eine Erklärung. Aber er hat mir nicht einmal Bescheid gegeben. Das macht mich schon etwas misstrauisch."

„Da geht es manchmal um jede Minute", weiß Federica. „Und was willst du jetzt tun?"

„Ich habe schon eine Nachricht für ihn an der Rezeption hinterlassen. Damit weiß er dann, wo er mich finden kann, wenn er Interesse an mir hat."

„Das ist doch eine sehr gute Idee. Ich habe auch bemerkt, dass er dir verliebte

Blicke zugeworfen hat. Das halte ich für ein gutes Zeichen."

Lamina schmollt. „Oder auch nicht. Vielleicht ist er schon gebunden und ist nun ausgerissen, weil er sich vor einem engen Kontakt fürchtet."

Die Prinzessin lächelt. „Wenn es um mich geht, dann denkst du nie so negativ. Bei mir siehst du alles immer in rosaroten, hoffnungsvollen Farben."

„Das ist eben so", antwortet die Freundin traurig. „Anderen kann man immer viel besser helfen, für sich selbst muss man es oft erst lernen. Möchtest du dir jetzt nicht auch einen Kakao bestellen?"

„Ich habe überhaupt keinen Appetit, und das liegt daran, dass mir ein Vogel eine ganze Menge gezwitschert hat."

Lamina staunt. „Ein Vogel? Etwa unter dem Baum?"

„Ja, und ich werde es dir auf der Rückfahrt in allen Details erzählen. Aber wir fahren jetzt nicht nach Hause. Ich habe nämlich eben einen Anruf aus Florazien erhalten. Die magische Fontäne sprudelt wieder und zeigt bei überirdischer Musik zauberhafte Bilder an. Von diesem Ort erhoffe ich mir eine weitere Erkenntnis für unseren Kampf gegen Nüssli, gegen das Böse."

Die Fee leert ihre Kakaotasse. „Dann wollen wir keine Zeit vertrödeln. Der Kakao ist schon bezahlt, Leonardo hatte mich eingeladen, und mehr kann ich jetzt hier sowieso nicht tun. Trennen wir uns also schweren Herzens von diesem liebenswerten Ort mit seiner besonders herzlichen Ausstrahlung!"

Federica nickt. „Aber mit Sicherheit nicht für immer. Ich habe das Gefühl, dass wir die Verbindung mit diesem Fleckchen Erde nicht abbrechen werden."

Kapitel 23

Firlefanz und der Frosch

Nüsslis junge Freundin sitzt auf dem Brunnen und betrachtete ihr grünes Gegenüber. „Für einen Frosch bist du außergewöhnlich hübsch", lobt sie das Tier. „Aber es ist natürlich Geschmackssache. Sind deine Küsse eigentlich sehr feucht?"

„Ich küsse nie", sagt er und verschränkt die Vorderbeine in einer Abwehrhaltung. „Im Übrigen ist meine Haut lange nicht so glitschig, wie sich das die meisten Leute vorstellen. Ein Kind, das mich neulich berührte, meinte, ich sei angenehm kühl."

„Du bist aber ein besonderer Frosch", fährt sie fort und streicht ihr weißes Kleid glatt. „Es gibt ganz viele Märchen über Frösche, aber du erzählst Geschichten. Das gefällt mir sehr, und ich würde gern eine von dir hören."

„Ich erzähle nur traurige Geschichten", antwortet er patzig.

„Sicher kannst du sie sehr hübsch erzählen", lockt sie ihn weiter. „Es kommen doch täglich unzählige Kinder zu dir, um dir zuzuhören. Dafür muss es doch irgendeinen Grund geben."

„Ich erzähle die Geschichten so, dass sie gar nicht traurig wirken", antwortet er knapp.

„Ist das dann schwarzer Humor, oder was bezweckst du damit?"

„Ich zeige mit einem Beispiel, wie man mit traurigen Dingen umgehen kann. Zunächst einmal benötigt man genügend Zeit, über etwas trauern zu dürfen. Ich hatte mal früher einen guten Freund, aber dann sind wir umgezogen, und ich konnte Yannick nie mehr besuchen. Darüber war ich sehr traurig, und das ist auch ganz natürlich. Aber ich wollte nicht mein ganzes Leben lang traurig sein, und da habe ich mir überlegt, was man tun kann, um zu einer nächsten Stufe zu finden. So erzählte ich mir dann eine traurige Geschichte, viele Tage hintereinander immer wieder dieselbe. Damit wollte ich meine Gefühle nicht abstumpfen lassen, nein, ich wollte nur lernen, damit zu leben. Ich wollte mir selbst zeigen, dass es trotz eines Verlustes auch immer wieder lustige Momente geben kann, die man leben soll. Das ist ganz wichtig, damit man gesund bleibt.“

„Na, da hast du dir doch etwas Schönes ausgedacht", antwortet sie ohne große Überzeugung. „So quasi nach dem Spruch: Humor ist, wenn man trotzdem lacht."

„Ja, so in etwa. Das kann man mit diesem Spruch ein bisschen vergleichen. Den Kindern gefällt es jedenfalls, und sie merken, dass das Leben sehr bunt ist, und manchmal hell und manchmal dunkel.".

„Da du ein sehr schlauer Frosch bist, wollte ich dich fragen, ob du Lust hast, mit mir einmal den Kuschelkater zu besuchen, um dort deine Geschichten zu erzählen."

Der Frosch atmet auf. „Und ich dachte schon, du wolltest mich zu einem Tanztee einladen oder in eine Disco. Dein Kleid sieht nämlich so aus, als wolltest du dich gleich im Kreis drehen."

„Nein, nein! Ans Tanzen habe ich jetzt gar nicht gedacht, obwohl ich glaube, dass du sehr beweglich bist."

„Dann bin ich erleichtert", antwortet Hoppla.

Firlefanz kneift die Augen zusammen. „Bist du nicht auch der Meinung, dass man Kindern sehr früh zeigen muss, wie viel Schlechtes es auf der Welt gibt? Je eher sie das wissen, desto besser lernen sie damit umzugehen? Ist das nicht so?"

Der Frosch stößt einen Quak-Laut aus. „Da bin ich nicht deiner Meinung. Man muss es so handhaben, wie das Kakaoanrühren."

Sie sieht ihn irritiert an „Du darfst mich gern Camilla nennen! Wie meinst du das denn? Ich habe noch nie Kakao angerührt."

„Dazu brauchst du einen Topf mit warmer Milch und einen kleinen Behälter mit etwas heißem Wasser, dem Zucker und ein paar Löffeln Kakaopulver. Wenn du in dem kleinen Behälter alles gut verrührt hast, musst du die Kakaomasse löffelweise in die Milch rühren, und dafür brauchst du viel Zeit. Das alles geht nicht ohne Gefühl."

„Hört sich das nicht etwas rassistisch an?" bemerkt Firlefanz. Vergleichst du gerade das helle mit den guten Dingen in der Welt und das dunkle mit dem Schlechten?"

Er schüttelt den Kopf. „So sprach man vielleicht früher von Himmel und Hölle. Ich habe aber nur das Symbol des langsamen Anrührens benutzt. Das Beispiel kannst du auch mit Himbeer-Sirup oder Bananenquark abwandeln. Und schmeckt die Milch nicht erst durch den dunklen Kakao so aromatisch?! Was wäre die weiße, langweilige Milch ohne alle die schmackhaften dunkleren Varianten?!"

„Da steige ich jetzt nicht so ganz durch", findet die junge Frau. „Was meinst du denn damit?"

„Zunächst einmal brauchen die Kinder Geborgenheit, eine ganze Menge Rückhalt und Sicherheit und ganz viel Liebe, gerade im Säuglings- und Babyalter. Später müssen sie natürlich in die Welt mit ihren Problemen hineinwachsen. Aber das sollte eben tropfenweise geschehen, und man muss ihnen zeigen, wie gerührt wird."

„Ach Herr je! Du bist aber umständlich! Sind deine Geschichten auch so?"

Hoppla grinst. „Eben hast du mich noch gelobt. Was ist los? Gehe ich dir jetzt schon auf die Nerven?"

Sie zwingt sich zur Freundlichkeit. „Aber ganz und gar nicht, kluger Frosch! Wahrscheinlich ist dein Gehirn doch schon ein wenig trainierter als meines. Also, wie sieht es aus? Begleitest du mich einmal in diese Kuschelstuben? Willst du dir überlegen, dort abenteuerliche Geschichten preiszugeben?"

„Es ist wirklich merkwürdig", antwortet er langsam. „Da arbeite ich nun schon viele Jahre lang hier im Märchenpark, im Park der großen Zauberei und alles war ruhig. Jeder hat mir nur zugehört, und alle waren damit zufrieden. Und jetzt, innerhalb nur einer einzigen Woche, kommen gleich zwei interessante Frauen zu mir und bieten mir an, in den Kuschelstuben zu arbeiten. Was soll ich davon halten?"

„Wer hat dich denn noch gefragt?" will Firlefanz wissen.

„Ach, das ist doch jetzt nicht wichtig für dich. Für mich sind das ganz neue Herausforderungen. Die eine möchte, dass ich schöne aufmunternde Geschichten erzähle, und du möchtest etwas aus der Schattenseite, wenn ich dich richtig verstanden habe, oder?"

Die junge Frau nickt eifrig. „Ja, ist das denn dann nicht die richtige Mischung?"

„Das kommt ganz stark auf das Alter dieser Kinder an", antwortet er fest. „Mit der Milch fängt man an, und der Himbeersaft kommt dann später. Ich muss mir die ganze Sache erst einmal überlegen. Ich heiße zwar Hoppla, aber nur, weil sich die Menschen oft erschrecken, wenn ich in die Luft springe. Das hat nichts mit meinem Tempo zu tun. Ich bin weder spontan noch risikofreudig, auch wenn sich das manche so zusammenreimen."

„Kann ich denn irgendetwas für dich tun?" erkundigt sich Firlefanz.

„Nicht das geringste", antwortet der Frosch, „und komm mir nicht mit Fliegen. Die will mir hier jeder Zweite andrehen, und ich mag sie überhaupt nicht. Ich habe nämlich eine Fliegenflügel-Intoleranz und reagiere darauf sehr allergisch."

Sie reißt die Augen auf. „Das ist ja fatal! Und was passiert dann, wenn du eine Fliege verspeist?"

„Dann bekomme ich Halluzinationen und fange an, mich vor dem Wasser zu fürchten, und ich traue mich drei Tage lang nicht mehr in meinen Brunnen hinein. Ich fühle mich dann wie eine Fliege und habe Angst vor meinen Kollegen. Zu allem Übel glaube ich dann, weit fliegen zu können, und das wird mir dann jedes Mal zum Verhängnis."

Camilla staunt. „Ist das wirklich wahr? Oder erzählst du mir jetzt eine deiner Geschichten?"

Er steigt die Treppe hinab in den Brunnen. „Glaub es, oder glaub es nicht! Das kannst du halten, wie du willst. Denn die Konsequenzen muss jeder immer selbst tragen." Und schon ist er verschwunden.

Kapitel 24

Federica und Lamina in Florazien

Die beiden Frauen schreiten die Allee entlang, die zwischen hohen Laubbäumen durch den Park führt.

„Katharina, Melindas Nichte wird uns erwarten", berichtet die Prinzessin, denn alle anderen sind ausgeflogen. Sie betreut das hübsche Anwesen inzwischen, während der König Pontis mit seiner frisch angetrauten Frau auf Hochzeitsreise weilt."

„Ich kenne die Familienverhältnisse nicht so gut wie du", bekennt ihr die Fee. „Ich weiß nur, dass der König Pontis Lillis Vater ist.

„Das stimmt, und Lilli ist die Prinzessin, die sich vor kurzer Zeit ebenfalls verlobt hat, doch vorher hat sie ihrem Vater geholfen, die Urkunde und die Medaille für den Naturschutz zu gewinnen. So verbindet der König jetzt das Angenehme mit dem Nützlichen. Er reist mit seiner Frau durch die ganze Welt, schaut sich alles an und stellt dabei gleichzeitig fest, ob die Gesetze für eine gute und gesunde Umwelt eingehalten werden. Melinda hat hier ihre wunderschöne Kräuterfarm, züchtet Blumen und andere Pflanzen und kennt sich sehr gut damit aus."

„Dann handelt es sich ja hier auch um ein ganz modernes Königreich, indem sich

Adelige und Bürgerliche miteinander verbinden", stellt Lamina fest.

„Ja, genau wie bei uns in San Lorenzo. Es ist ein ganz modernes Königreich, es ähnelt einer Demokratie, nur dass es eben den König gibt, der im Zweifelsfall die Verantwortung trägt. Und auch hier wird alles vom Volk abgestimmt. In Florazien gibt es nicht eine einzige Person, die arm ist, denn hier kümmert sich jeder um jeden."

„Das klingt wie ein Märchen", findet die Fee. „Aber man spürt es ja schon an der ganzen Atmosphäre, dass hier Menschen leben, die sich in die Natur einfügen und ein gutes Miteinander pflegen. Wo ist denn jetzt dieser Brunnen?"

„Wir sind gleich an der magischen Fontäne, es ist nicht mehr weit, und dort erwartet uns dann auch Katharina, eine Malerin, und sie singt auch ein bisschen."

„Dann habt ihr doch schon eine Gemeinsamkeit", findet Lamina. „Du hast Musik im Blut, und sie hat ebenfalls ein Talent in diesem Bereich. Sicher werdet ihr euch verstehen."

„Das hoffe ich auch, denn davon ist es abhängig, ob wir heute bei der Fontäne ein Zeichen erhalten, eines von den wichtigen Zeichen, die mir der seltsame Papagei in Mühlwald versprochen hat."

„Da du gerade von „Papagei" sprichst, was gab es denn Dringendes bei Hieronymus? Warum hat er dich gestern, während wir im Auto saßen, noch einmal so schnell zu sich gerufen?" möchte die Fee wissen.

„Für mich hat sich das angefühlt wie eine Schikane", berichtet Federica. „Er hat mich gefragt, ob ich wieder von jemandem ein Pflaster bekommen habe, weil mich doch damals seine Mutter mit präparierten Pflastern manipuliert hat."

„Das hätte er dich doch auch am Telefon fragen können", findet die Freundin.

„Natürlich. Aber er möchte wohl immer feststellen, ob ich auch sofort zu ihm eile, wenn er mich ruft. Und wenn er mich dann anschaut, dann spüre ich seinen kritischen Blick, unter dem man stets das Gefühl hat, etwas falsch zu machen."

„Du könntest ihm einmal Kontaktlinsen schenken", schlägt Lamina vor.

„Ich glaube, da nutzt nicht einmal eine dicke Brille etwas", antwortet die Prinzessin betrübt. „Aber gut, dass wir gerade die Brillen erwähnen. Gestern ist ein ganzer Container in San Lorenzo angekommen. Mary hat ihn geschickt, damit wir die Brillen in die Kuschelstuben an Kinder und Erwachsene verteilen. Ich denke, sie werden sich alle sehr freuen."

Die beiden Frauen sind an einem großen Platz angekommen und lassen die Allee hinter sich.

Lamina bleibt einen Augenblick stehen. „Da wir gerade bei den neuesten Nachrichten sind: Was gibt es eigentlich Neues bei Kasimir und Maximo? Halten sie sich wenigstens noch bedeckt?"

Federica seufzt und schaut sich suchend um. „Sie grummeln beide ein bisschen. Es gibt winzige Erdbeben in Baden-Württemberg, aber auch etliche heiße Lavaströme, die dem Ätna entsteigen. Beide haben sich seit deinem Besuch noch nicht wieder bei mir gemeldet."

„Dann wollen wir hoffen, dass es weiter so relativ ruhig bleibt", wünscht sich die Fee. „Und wo ist jetzt diese Katharina?"

„Vielleicht ist sie schon an der Fontäne", vermutet die Prinzessin. „Es gab ja Instandsetzungsarbeiten, da musste man wohl eine ganze Weile auf sie verzichten."

In diesem Augenblick erscheint eine junge Frau, die aus einem Seitenweg in den Platz eingebogen ist.

Freudig eilt sie auf die Prinzessin und ihre Begleiterin zu. „Wie schön, dass ihr es möglich gemacht habt, hierher zu kommen! Melinda und Lilli haben euch schon angekündigt, und sie finden es sehr schade, dass sie momentan nicht im Land sind. Ich hoffe, dass ihr mit mir zufrieden seid."

Die drei Frauen begrüßen sich mit einer herzlichen Umarmung, anschließend führt Katharina die beiden Reisenden zur magischen Fontäne.

„Setzt euch zu mir ins Gras und schaut, wie sich das Sonnenlicht in den Wassertropfen spiegelt! Durch die besonderen Formen erscheinen auch die magischen Farben, es sind unzählige winzigen Regenbogen, die hier an die biblische Geschichte vom Regenbogen erinnern. Ein Regenbogen ist immer ein großes Versprechen, dass alle Menschen getragen werden und niemals allein sind mit ihren Sorgen und ihrem Kummer."

Die drei Frauen setzen sich ins Gras und beobachten das Spiel des Wassers und des Lichtes, während aus einer unsichtbaren Quelle Robert Schumanns „Liebestraum" erklingt.

Wie gebannt vertiefen sich Federica, Lamina und Katharina in die Darbietungen für Augen und Ohren. Eine feierliche und friedliche Atmosphäre umfängt die entspannt Dasitzenden.

Während die letzten Töne verklingen, teilen sich die vielen kleinen Regenbogen und bilden einen einzigen großen, der in magischen Farben schimmert.

In goldener Schrift zeigt sich ein Zeichen, ein einziger Satz: „Glaube an die Kraft und die Macht der Liebe, denn Liebe kann Berge versetzen und Wunder vollbringen, wenn sie Gottes Wille sind."

Ergriffen sitzen sie drei Frauen im Gras und prägen sich diesen Satz in ihre Gedanken ein, damit sich diese Worte mit ihnen vereinigen und im Herzen Fuß fassen und wachsen können.

Einen Moment später zeigt der Springbrunnen seine vielen Fontänen wie gewohnt in allen Farben mit seinen tausend und abertausend kleinen Regenbogen.

Nach einer Weile der Stille atmet Federica tief auf. „Das erste Zeichen, dass ich in Mühlwald bekam, galt auch der Liebe, die ich suchen, finden und verschenken soll. Hier aber habe ich das feste Versprechen, dass ich auch geliebt werde und mich an die himmlischen Mächte anbinden darf, um immer wieder neue Kraft tanken zu können."

Lamina stimmt ihr zu. „Die Liebe ist doch die stärkste Macht, und daran dürfen wir glauben. Und wenn wir diesen Glauben finden, werden wir niemals verlassen sein und alles schaffen."

„Das sind alles sehr schöne Worte", findet Katharina, „aber bei all den Problemen in der Welt, ist es schwer, danach zu leben. Wie soll ich meine Feinde lieben? Wie soll ich die Menschen lieben, die mich quälen? Und wie soll ich mit Liebe kämpfen, wenn mich die anderen mit Bosheit verletzen?"

„Offenbar muss man sich ganz fest an den Himmel anbinden", überlegt Lamina. „So wie ein Elektrogerät ständig an der Steckdose seinen Kraft-Strom holt. Dann wird die Liebe wohl zu einer Kraft, die auch das Böse besiegen kann, besonders im Gebet."

„Das war schon ein sehr schönes Zeichen", findet die Prinzessin. „Aber ich muss jetzt unbedingt baldmöglichst noch zu Adelaide, denn dort soll mir ein weiterer Gedankenanstoß geboten werden."

„Du willst schon wieder fort?" erkundigt sich Katharina erstaunt. Ihr seid doch gerade erst angekommen."

„Es geht um sehr viel", berichtet Federica. „Und möglicherweise läuft uns die Zeit davon. Die böse Nüssli ist nicht zu unterschätzen, das habe ich selbst an meinem eigenen Leib gespürt. Ich muss gegen alles gewappnet sein und dafür nehme ich jede Hand, die sich mir hilfreich entgegenstreckt."

„Das kann ich verstehen", sagt Katharina liebevoll. „Wenn du solch eine Mission hast, sollst du nicht zögern, daran weiterzuarbeiten."

Die Gastgeberin erhebt sich. „Dann werde ich euch jetzt wieder hinausführen und euch nicht weiter aufhalten, aber wenn ihr noch irgendwelche Wünsche zur Erfrischung habt, dürft ihr gern mit mir auf die Gartenterrasse kommen, dort werdet ihr dann von Carmina, der Köchin liebevoll bewirtet und verwöhnt. Ihr dürft es so entscheiden, wie ihr es für richtig empfindet."

Federica freut sich. „Hier geht alles so taktvoll, empathisch und liebevoll vor sich. Das ist ein großer Unterschied zu der Behandlung, die ich von anderen Menschen kenne. In der Gegenwart von Hieronymus fühle ich mich immer klein und dumm und habe das Gefühl, nichts richtig machen zu können. Ständig befiehlt er etwas, zwingt mir seinen Willen auf. Warum ist er so?"

„Wahrscheinlich wohnt in ihm nicht diese wärmende, alles verstehende Liebe, vermutlich ist sein Herz zugemauert."

Die Prinzessin seufzt. „Ob man es befreien kann? Kann man die Mauern einreißen?"

Auf Laminas Stirn erscheinen Falten. „Ich fürchte, dass er von seiner Mutter verhext wurde und sie diese Mauern mit irgendeinem Stoff versiegelt und verzaubert hat."

„Dann müsst ihr euch wirklich etwas Besonderes überlegen", schlägt Katharina vor. „Ihr reist jetzt an den Wunschbrunnen von Sankt Augustine. Ich glaube, jeder darf dort nur einen Wunsch aussprechen. Dann müsst ihr euch aber noch gut überlegen, wie ihr eure Wünsche formuliert. Nüssli und ihr Sohn sind wohl beide sehr gefährlich und bringen der Welt viel Schaden. Da fällt mir im Moment nichts ein, wie man sie mit einem Wunsch in Schranken weisen kann. Überlegt es euch gut, wünscht mit Bedacht, damit es euch nicht hinterher leidtut, und ihr glaubt, etwas verpasst zu haben!"

„Das werden wir tun", verspricht die Prinzessin. „Darf man sich dort denn alles wünschen, was man will?"

Katharina nickt. „Soweit es gute Dinge sind, darf man wünschen, was man will.

Und man muss natürlich auch daran glauben und vertrauen, dass einem diese Wünsche erfüllt werden. Dieser Brunnen wird ja auch der Brunnen der Hoffnung genannt. Und er ist für die Besitzerin des Schlosses sehr wichtig. Darüber wisst ihr doch bestimmt Bescheid, oder?"

Die Fee schüttelt den Kopf. „Nein, so genau weiß ich darüber nicht Bescheid. Ich wusste nur, dass es ein Wunschbrunnen ist, aber ich kenne nicht die Details dazu."

„Die Schlossherrin Adelaide hat den Wunschbrunnen auch im Andenken an ihren verstorbenen Mann errichten lassen. Dieses Kunstwerk ist ja das stilisierte Abbild des Trevi-Brunnens in Rom, der auch ein Wunschbrunnen ist. Aber mit diesem kleinen Bauwerk verbindet Adelaide auch die Hoffnung, in einem anderen Leben mit ihrem geliebten Moro wieder verbunden zu sein, mit ihm zusammenleben und ihn lieben zu können.“

„Das ist doch ein schöner Gedanke“, findet Federica. „Dann ist er auch der „Brunnen der Hoffnung“. Ähnliches wurde uns eben auch als Zeichen durch den Regenbogen vom Himmel geschickt.“

„Eigentlich gibt es die Zeichen des Himmels überall“, behauptet Katharina. „Man muss nur darauf achten, sie erkennen und auch verstehen wollen. Sei also bitte nicht enttäuscht, wenn dir der Wunschbrunnen von Sankt Augustine nicht alle Antworten auf deine Fragen gibt! Du wirst immer wieder neue Fragen haben und nicht zufrieden sein. Aber wenn du achtsam bist, wirst du immer mehr Zeichen sehen, überall, und immer besser verstehen lernen.“

Lamina seufzt. „Ich bin ja jetzt noch eine junge Fee. Wenn ich etwas älter werde, kann ich auch mehr zaubern. Im Moment sind mir da noch Grenzen gesetzt."

„Musst du noch irgendeine Prüfung machen?" erkundigt sich Katharina.

„Gewissermaßen schon, aber darüber darf ich nicht sprechen. Das ist so wie bei den Sternschnuppen. Man darf sich etwas wünschen, aber man darf mit keinem anderen darüber reden."

„Dann wünsche ich dir auch sehr viel Erfolg und viel Glück dafür", sie umarmt ihre beiden Gäste und verabschiedet sich von ihnen. „Und jetzt habe ich auch noch eine ganze Menge zu tun, allerdings ist es nicht so kompliziert wie eure Aufgabe. Tante Melindas Pflanzen müssen alle gegossen und versorgt werden. Aber ich tue es gern und freue mich, wenn unter meinen Händen alles gut gedeiht. Und meldet euch, sobald ihr etwas erreicht habt!"

Die beiden Frauen bedanken sich erneut, winken ihr noch einmal zu und treten den Heimweg an.

Kapitel 25

Nüssli und Hieronymus

Die böse Fee und ihr Sohn sitzen am Teufelsmaar in der Vulkaneifel und blicken in das tiefe, dunkle Wasser.

Über dem Lagerfeuer hängt ein Metall-Spieß, und von einem großen Stück Fleisch tropft das Fett knisternd in die Flammen.

Nüsslis Augen leuchten. „Wir haben es bald geschafft, mein Sohn."

Hieronymus schnuppert den Bratenduft. „Ist das Fleisch gar?"

Die böse Fee verzieht das Gesicht. „Unsinn! Das habe ich doch nicht gemeint. Der große Container mit den Spezialbrillen ist schon in San Lorenzo angekommen, und die Prinzessin wird ihn in drei Tagen an Jeremias ausliefern, der dann die Päckchen an die einzelnen Kuschelstuben verteilt. Danach müssen wir nicht mehr lange warten, denn mit den Brillen fangen alle Menschen an, zu schimpfen, zu meckern, unzufrieden zu sein und Streit zu stiften. Es wird eine Kleinigkeit sein, die Menschheit davon zu überzeugen, dass es nicht ohne Krieg abgehen kann."

„Ich hätte niemals gedacht, dass du es schaffst, Federica als Mary zu überzeugen. Du darfst doch gar nicht in die Natur der guten Menschen hineinschlüpfen. Wer ist denn diese Mary in Wirklichkeit? Hat die etwas mit Brillen zu tun?"

„Dolores hat mir diese Frau empfohlen, sie stellt gemeinsam mit ihrem Bruder Kontaktlinsen und Brillen her, aber sie benutzen ein minderwertiges Material und verkaufen ihre Kreationen für unverschämt viel Geld. Sie beschäftigt in ihrer Fabrik nur illegale Arbeiter, denen sie einen Hungerlohn zahlt. Insofern war es ein Leichtes für mich, in ihr geklontes Ebenbild zu steigen, das mir sofort wie ein maßgeschneidertes Kostüm passte."

„Die Prinzessin ist wirklich sehr gutgläubig", findet ihr Sohn. „Wie kann sie nur annehmen, dass ich jemals gegen dich Partei ergreifen würde."

„Ja, deine Hinhalte-Technik ist auch nicht schlecht. Du hast Federica ganz gut im Griff. Macht sie nicht alles, was du ihr befiehlst?"

Hieronymus grinst. „Im Augenblick ja, und ich hoffe, dass ich sie noch so lange ruhig halten kann, bis alle Brillen verteilt sind. Tatsächlich ist sie davon überzeugt, dass ich ihr helfen will. Aber das ist ja gar nicht möglich."

Nüssli kichert. „Nein, wahrhaftig nicht. Ich habe dich schon vor der Geburt so programmiert, dass du mich bedingungslos liebst und alles tust, was ich für richtig halte. Denn du weißt ja, dass ich die Einzige bin, die dich liebt. Misstraue also allen anderen Personen! War ich nicht immer unermesslich gut zu dir?!"

„Das sagst du mir, so oft du kannst, und es hat sich in mir fest eingeprägt. Ich vertraue niemandem außer dir, und ich habe dir alles zu verdanken. Wie geht es also weiter?"

„Behalte die Prinzessin im Griff! Bleib immer dran, störe sie bei allem, was sie unternimmt! Sie darf nicht zur Ruhe kommen, sondern sollte immer in einer nervösen Abwehrhaltung bleiben. Nerve sie ruhig, damit sie keine positive Gelassenheit erlangt! Damit könnte sie zu mächtig werden und sich von deinem Einfluss lösen. Also melde dich bei ihr, so oft du kannst!"

„Das ist gut, Mutter. Und es ist nicht schwierig für mich, denn sie zeigt keinerlei Abwehrreaktionen. Wenn ich sie rufe, kommt sie sofort, und wenn ich kritisch bin, nimmt sie sich das zu Herzen."

„Du machst deine Sache gut", lobt Nüssli ihren Sohn. „Ich bin stolz auf dich." Sie nimmt den Spieß vom Grill, löst das Fleisch vom Metall und reicht ihm den heißen Braten. „Lass es dir schmecken! Du hast es dir verdient."

Kapitel 26

Die Prinzessin von San Lorenzo in Sankt Augustine

Lamina setzt sich auf eine Parkbank und sieht Federica betrübt an. „Es ist wirklich ein Pech, dass ich mir den Fuß verstaucht habe. Wo war ich nur mit meinen Gedanken?!"

„Wahrscheinlich bei Leonard. Schade, dass du bis jetzt noch keine Gelegenheit hattest, wieder einmal nach Mühlwald zu fahren. Du solltest mich wirklich nicht immer begleiten, sondern auch dein eigenes Leben verfolgen!"

Die Fee lächelt. „Nein, Leonard ist jetzt nicht so wichtig. Es geht erst einmal um dich. Du musst dich mit allem, was es gibt, unbedingt gegen die Zauberei der bösen Fee stärken. Aber jetzt geh endlich und mach dir keine Sorgen um mich! Die Schlossherrin wartet bestimmt schon auf dich am Wunschbrunnen, so, wie sie es versprochen hat."

Federica sieht Lamina besorgt an. „Kann ich dich auch wirkliche allein lassen? Hast du noch große Schmerzen?"

„Nein, wenn ich hier sitze, ist alles gut. Lass dich bitte nicht aufhalten. Außerdem kann ich hier schön von Leonard träumen, vielleicht hilft das auch schon."

„Soll ich dich zum Brunnen tragen? Dann kannst du dir auch etwas wünschen. Denn humpeln wird ja wohl nicht gehen", vermutet die Prinzessin.

Die Freundin lächelt. „Ich bin doch eine Fee, und habe auch einige Wünsche frei. Vergiss das nicht! Den Wunschbrunnen lasse ich den Menschen, und besonders jetzt dir!"

Mit Bedauern lässt die Prinzessin ihre Freundin auf der Bank zurück und strebt durch die schattige Allee bis zu dem kleinen runden Platz, an dem sie die Schlossherrin neben dem Wunschbrunnen vorfindet.

Adelaide umarmt Federica mit Herzlichkeit. „Wie schön, dass wir uns nach langer Zeit einmal wiedersehen! Und ich begrüße dich zu der Idee, an den Wunschbrunnen zu kommen, der schon so vielen Menschen geholfen hat. Du weißt, was er bedeutet?"

Die Prinzessin nickt. „Ja, er ist dein Hoffnungs-Brunnen, und das ewig fließende Wasser erinnert dich, dass deine Liebe nicht vergänglich ist. Du weißt, dass Moro in einer anderen Welt auf dich wartet."

Die ältere Dame nickt. „Ja, da bin ich ganz sicher, und es werfen auch hier viele Menschen Münzen in diesen Brunnen, wie sie es auch an dem Original in Rom tun." Sie zeigt mit der Hand auf die moderne Skulptur, die stilisierten Pferde, die klares Wasser spenden. „Aber für deine Wünsche benötigst du nur deine Gedanken und dein Herzgefühl, eine Münze ist da überflüssig."

Federica bestaunt das Kunstwerk. „Es ist wunderschön und hat eine magische Aura. Vor allen Dingen strahlt es eine überirdische Kraft aus, die man sich gern aneignen möchte."

„Mein geliebter Moro hatte eine sonnige Lebenskraft, er sehnte sich stets nach dem blühenden Leben und schuf seine Kunstwerke im Gefühl der Unvergänglichkeit. Soll ich dich jetzt allein lassen?"

Die Prinzessin schüttelt den Kopf. „Es ist besser, wenn du bleibst, denn du bist verbunden mit Moro und diesem Brunnen, das wird mir helfen, Energie zu tanken."

„Du darfst dich auf dem Brunnenrand setzen und in das ewig fließende Wasser schauen", schlägt Adelaide vor. „Schicke deine Gedanken und deine ganzen Hoffnungen in den Himmel, glaube an die himmlische Hilfe und vertraue, denn du bist ein ganz besonders wertvoller Teil der Schöpfung, der es verdient, himmlische Hilfen zu erlangen."

Federica folgt dem Rat der Schlossherrin, setzt sich auf den Brunnenrand und betrachtet das klare, fließende Wasser, in dem das Licht sein Spiel treibt. Sie spürt, dass sie alle Ängste und Sorgen davonfließen lassen kann und nimmt wahr, dass sich eine stärkende Kraft in ihr ausbreitet und ihr eine überirdische Gelassenheit vermittelt. Eine ganze Weile verharrt sie und bleibt in dieser Position, um dieses friedliche, harmonische und zugleich befreite Gefühl zu genießen.

Erst als eine kleine Wolke die Sonne verdeckt und Schatten über dem Brunnen spendet, spricht die Prinzessin ein kleines Dank-Gebet und erhebt sich.

„Das ist besser als ein Erfrischungsbad", bemerkt Adelaide. „Es ist gut für Körper und Seele und stärkt das Herz mit Mut. Wann auch immer du Lust hast, dich hier wieder aufzutanken, komm mich einfach besuchen!"

„Es hat mir wunderbar geholfen", freut sich Federica. „Ich fühle mich sehr gestärkt durch die Gebete an diesem liebevollen Ort. Nicht überall sind Kirchen mit ihrer heiligen Ausstrahlung, in denen man sich mit Gott verbinden kann, auch hier in der Natur oder sogar bei Kunstwerken von Menschenhand geschaffen, gibt es die Möglichkeit, sich Hilfe und Entspannung zu holen."

Adelaide nickt. „Du kannst überall zur Meditation finden, und doch sind diese besonderen Orte ein übernatürlicher Kraft-Quell, aus dem die Seele trinken darf. Behüte dich Gott, mein Kind!"

Die Prinzessin lächelt. „Du glaubst gar nicht, wie stark ich mich plötzlich fühle, sehr entspannt und trotzdem mutig. Jetzt wird mir die böse Fee nichts mehr anhaben können."

Die Schlossherrin umarmt ihren Gast. „Das wünsche ich dir von Herzen, denke daran: *Das Böse wird nur auf der Welt geduldet. Das Gute aber ist für die Ewigkeit geboren.*"

Arm in Arm gehen die beiden Frauen zu der weißen Holzbank, auf der Lamina wartet.

Die ältere Dame und die gute Fee begrüßen sich ebenfalls mit einer herzlichen Umarmung. „Konntest du dich auch etwas entspannen?" erkundigt sich Adelaide bei der jungen Frau.

„Vermutlich sind meine Gedanken zu irdisch. Ich habe heute keine magische Verbindung bekommen, sondern sehe immer nur Brunnen vor mir, Brunnen, lauter Brunnen. Den hier von Sankt Augustine, den Brunnen von Melinda aus Florazien und den Frosch Hoppla am Wunderbrunnen aus dem Kinder-Märchenland."

„Das ist nicht schlecht", findet die Gastgeberin. „Brunnen sind der Quell des Wassers. Und das Wasser ist der Ursprung des Lebens. Auch für dich wird wohl jetzt ein neues Leben anfangen, und dafür wünsche ich dir viel Segen!"

Lamina bedankt sich, und die drei Frauen verabschieden sich mit Herzlichkeit.

„So müsste es jetzt immer bleiben!" findet Federica. „Alles ist so friedlich und die Welt scheint in Ordnung zu sein."

**_„Wenn sie in dir in Ordnung ist, ist sie in Ordnung!"_** behauptet Adelaide mit fester Stimme.

Kapitel 27

Der Krieg naht. Was ist zu tun?

Jorge steht vor der Prinzessin und sieht sie besorgt an. „Das sieht wirklich sehr bedenklich aus. Wie aus einer Laune heraus möchten jetzt Kasimir und Maximo ihre Auseinandersetzung kriegerisch ausfechten. Das hat mir soeben Donatus berichtet, der mit den schwäbischen und sizilianischen Zwergen vernetzt ist."

„Das muss unbedingt verhindert werden", findet Federica. „Ein solcher Krieg könnte verheerende Auswirkungen haben. Ich hatte so gehofft, dass eure Besuche am Ätna und am Schalksberg von Erfolg gekrönt sein würden. Warum sind die beiden nur so uneinsichtig?! Und was kann man tun?"

„Die Leidtragenden sind wieder einmal wir, die Zwerge", erklärt ihr der kleine Freund. „Am Anfang werden immer die Kleinsten losgeschickt und müssen sich gegenseitig umbringen. Dabei verstehen sich die Zwerge untereinander weltweit überaus gut."

„Das kann ich wirklich nicht verantworten", überlegt die Prinzessin. „Wir müssen irgendetwas unternehmen. Hast du vielleicht eine Idee?"

Jorge seufzt. „Ja, ich habe eine Idee. Aber sie ist schwer zu verwirklichen. Du willst doch heute nach Venedig, um dich mit Mario zu treffen. Schließlich hat er dich jetzt schon länger entbehren müssen."

„Der Weltfrieden ist wichtiger. Das heißt also, du könntest mich für irgendetwas gut gebrauchen?" schließt Federica aus seinen Worten.

„Es gibt einen einzigen Drachen, der bis jetzt noch immer dafür gesorgt hat, dass sich alle Streithähne beruhigt haben. Den würde ich gern mit dir sofort aufsuchen."

Sie freut sich. „Und wer ist das? Und wo lebt er?"

„Es ist Pumpernickel, der alte deutsch-französische Drache, der im Rheinland lebt, genau genommen in einer Höhle des kleinen Berges mit Namen Drachenfels."

„Vom Drachenfels habe ich schon viel gehört", erinnert sich die Prinzessin. „Er ist einer der sieben Berge des Siebengebirges, das sich rechtsrheinisch schräg gegenüber der alten Bundeshauptstadt Bonn befindet. Ich habe gar nicht gewusst, dass dort noch ein Drache lebt."

„Er hält sich auch immer sehr bedeckt", weiß Jorge. „Er lässt sich auch nicht gern stören. Aber ich kenne dort den rheinischen Zwerg Rote Bete, der ist speziell in Pumpernickels Staat eingestellt, um dem Drachen bei der Pediküre zu helfen, denn Rote Bete hat ein Nagelstudio mit Diplom. Deshalb weiß er auch sehr viel über alles, was in diesem Höhlenreich vor sich geht, und er glaubt, dass er uns zu einer Audienz verhelfen kann."

„Das hört sich doch schon einmal vielversprechend an", findet Federica. „Worauf warten wir dann noch?! Lass uns sofort abreisen!"

„Aber ist Mario dann nicht sehr traurig?"

„Er wird das schon verstehen. Diese Aktion ist jetzt wichtiger."

Jorge seufzt. „Und Lamina? Die Arme muss den Fuß hochlegen und kühlen, sie wird dich auch nicht begleiten können."

„Meine Freundin muss sich ausruhen, das ist wichtig für ihren Fuß. Aber es ist für mich völlig in Ordnung, wenn ich mit dir allein fahre. Ich habe keinerlei Bedenken, denn in den letzten Tagen habe ich so viel Energie und Freude getankt, da fühle ich mich fit für unsere Reise."

Er holt tief Luft. „Also gut. Nehmen wir die Eisenbahn? Ich liebe die Strecke über den Brennerpass. Soll ich Fahrkarten besorgen?"

„Nein, mit der Bahn geht es zu langsam. Wir werden von Verona nach Köln fliegen, und von dort ist es nicht mehr weit bis zum Siebengebirge, nur noch einen Katzensprung."

„Das ist gut. Wir haben keine Zeit zu verlieren."

In diesem Augenblick meldet sich Federicas Mobiltelefon, und sie erkennt, dass es sich um Hieronymus handelt, der sie erreichen will.

Freundlich begrüßt sie ihn und fragt ihn nach seinen Wünschen.

„Sicher machst du gerade nichts Wichtiges", beginnt er das Gespräch. „Es ist notwendig, dass du sofort zu mir kommst du. Es gibt weitere Details für die gesamten zukünftigen Pläne. Da muss ich dich über einige Pläne persönlich unterrichten und dich genauestens instruieren."

Die Prinzessin erschrickt. „Wie soll ich das machen? Ist es wirklich so dringend?"

„Aber natürlich. Kannst du dir das nicht denken?! Wir alle wollen doch verhindern, dass meine Mutter Grund hat, sich und auch besonders nicht dich zu ärgern. Im Moment ist alles gerade ruhig, und das soll doch auch so bleiben, oder?!"

„Natürlich ist das nicht nur mein Hauptanliegen, sondern auch wichtig für die ganze Welt. Aber diesmal bitte ich dich, dass du erst einmal die Regie und die Arbeit allein übernimmst, weil ich einen genauso wichtigen Auftrag habe, um den ich mich schnellstmöglich kümmern muss."

„Das kann doch nicht so wichtig sein", behauptete Hieronymus. „Was gibt es

Wichtigeres, als sich darum zu bemühen, dass meine Mutter nicht verärgert wird?! Du steckst in einer großen Verantwortung! Willst du wirklich das Risiko eingehen, dass Nüssli wütend wird?!"

„Es tut mir wirklich wahnsinnig leid. Ich werde mich mit meiner aktuellen Aufgabe auch sehr beeilen, damit ich baldmöglichst wieder zurück bin und dir helfen kann. Dieses eine Mal solltest du mich aus der Pflicht entlassen, denn ich muss eine weltweite Katastrophe verhindern."

„Das passt mir gar nicht", schimpft Hieronymus. „Wenn du jetzt nicht kommst, garantiere ich für gar nichts. Das hast du zu verantworten, und es könnte sehr chaotisch werden."

„Du bist doch ein sehr kluger Kopf! Ich traue es dir durchaus zu, dass du die Situation eine Weile auch ohne mich im

Griff halten kannst. Und jetzt muss ich leider das Telefongespräch beenden. Man wartet auf mich. Ich wünsche dir viel Erfolg und viel Glück! Bis bald!" Mit diesen Worten beendet sie das Gespräch.

In diesem Augenblick erscheint Jorge mit einem betrübten Gesicht. Der Flughafen-Shuttle ist gerade abgefahren. Ich habe jetzt überall herumgefragt, ob uns jemand nach Verona bringen kann. Ich hoffe, es findet sich jemand."

Federica folgt ihm nach draußen und entdeckt ein weißes Taxi, das vor dem Schlosstor hält.

Vom Fahrersitz springt die weiße Katze Luciana und begrüßt die beiden freundlich. „Ich war gerade mal wieder in der Schlossküche und durfte etwas naschen. Da habe ich von eurem Problem gehört und mir gedacht, dass ich vielleicht eine Lösung weiß. So habe ich mich auf meine Hinterpfoten gestellt und bin schnell eingesprungen. Seid ihr mit mir als Taxifahrerin einverstanden?"

Die Prinzessin überlegt. Kann sie der weißen Katze trauen? Immerhin ist sie auf Umwegen mit Nüssli verwandt. Aber was bedeutet das schon?! Nicht immer sind Verwandte einer Meinung, und die Gefühle zueinander können auch sehr unterschiedlich sein.

„Ich bin dir sehr dankbar, liebe Luciana", nimmt sie die Einladung an. „Und du weißt gar nicht, wie wertvoll deine Hilfe im Augenblick ist, denn wir sind in einer wichtigen Mission unterwegs, bei der Eile geboten ist."

Zügig steigen Federica und Jorge ein, die weiße Katze klettert hinter das Steuer und startet den Wagen. „Dann wollen wir auch weiter keine Zeit verlieren", sagt sie und beginnt zu schnurren, leise und gleichmäßig und genauso sanft wie der Motor des Taxis.

Kapitel 28

Im Siebengebirge

Jorge legt den Kopf schief. „Ich habe mir das Siebengebirge ganz anders vorgestellt. Wie kann man bei diesem Namen auch ahnen, dass es sich um sieben Hügel handelt, von denen eigentlich nur der Drachenfels imposant aussieht?!"

Die Prinzessin lächelt. „Dafür ist aber der Blick auf den Rhein sehr romantisch, immerhin ist er der längste Fluss

Deutschlands und zeigt sich auch von seiner Breite her ganz ansehnlich. Aber jetzt wäre ich doch endlich froh, wenn dein Freund Rote Bete endlich hier auftauchte. Ich wünsche mir sehr, dass wir bald die Gelegenheit bekommen, mit Pumpernickel zu reden."

„Beim Warten kommt einem die Zeit immer sehr lange vor", findet der Zwerg. „Wir können der weißen Katze auf jeden Fall sehr dankbar sein, dass sie so rasant gefahren ist. Bei diesen ständigen Staus hätten wir das Flugzeug sonst nicht mehr erreicht."

„Da seid ihr ja!" sagt eine freundliche Stimme neben ihnen. „Ich heiße Angelus Timotheus Bernhard Kurt Maria von Liechtenstein-Berninger und werde kurz Rote Bete genannt, weil ich mich stets in roten Farben kleide. Wie gefällt euch das Rheinland?"

„Bis jetzt schon einmal ganz gut", antwortete Jorge, „aber allzu viel haben wir davon noch nicht gesehen. Du musst jetzt keine große Konversation führen, wir sind absolut damit einverstanden, wenn du auf unnötige Schnörkel verzichtest, damit wir gemeinsam schnell zum Ziel kommen. Ist Pumpernickel sprechbereit?"

„Ja, ist er. Wisst ihr überhaupt, woher der Name Pumpernickel kommt?" Er führt die beiden Reisenden in die spärlich erleuchtete Höhle, zuerst in einen langen Gang.

Jorge schüttelt den Kopf. „Nein, ich dachte, das sei ein lustiger Name für ein dunkles Brot."

„Ja, richtig. So heißt ein sehr dunkles Vollkorn-Brot, das hier in der Gegend sehr beliebt ist. Nach einem Krieg lagerten hier einmal die Franzosen, die, wie ihr wisst, gerne helles Brot, besonders Baguettebrot essen. Irgendein französischer Soldat höheren Ranges hatte damals einen Hund, der Nickel hieß. Er sagte, dieses dunkle Brot ist gerade gut für Nickel. Und das heißt auf Französisch: „Bon pour Nickel". Daraus wurde dann das Wort Pumpernickel."

„Und warum heißt der deutsch-französische Drache so wie das dunkle Vollkorn-Brot. Lebt er so gesund?"

„Er macht sich schon sein Leben lang seine Gedanken über diesen Namen. Seine Eltern haben ihn ihm gegeben, aber er kann sie nicht befragen, weil sie kurz nach seiner Geburt beide verstorben sind. Seine Hautfarbe ist grünlich schimmernd, er ähnelt also höchstens einem verschimmelten Pumpernickel-Brot. Und er diskutiert mit vielen Leuten darüber. Die einen sagen: „Nomen est Omen" und halten den Namen für ein schicksalhaftes Zeichen, aber andere wiederum sagen ihm: „Der Name ist Schall und Rauch", und sind davon überzeugt, dass er nicht das

Geringste für eine Person zu bedeuten hat, weder für seine Persönlichkeit noch für sein Schicksal."

Sie sind am Ende des Ganges angekommen und findet den Drachen am Schreibtisch sitzend vor.

Als er aufsteht, um die Ankommenden zu begrüßen, zeigt es sich, dass er nur die Größe eines Bernhardiners hat.

Federica erschrickt. Ob sich so ein kleiner Drache bei Kasimir und Maximo Respekt verschaffen kann? Ob sich Drachen wohl auch von einer Körpergröße beeindrucken lassen? Oder zählen bei ihnen die inneren Werte mehr?

„Es ist gut, dass ihr gekommen seid", beginnt Pumpernickel in ihre Gedanken hinein. „Nehmt Platz hier auf diesen Sesseln, und wir wollen gemeinsam überlegen, was zu tun ist."

Die Prinzessin und der Zwerg setzen sich, während Rote Bete den Raum verlässt, um vor der Tür zu warten.

„Über meinen Namen habt ihr euch bestimmt auch schon gewundert. Passt er in irgendeiner Weise zu mir?"

Federica sieht in seine gutmütig blickenden, braunen Augen. „Die Menschen schätzen oft die Treue eines Hundes. Bei unserer ersten Begegnung habe ich das Gefühl, dass du ein Drache bist, der die Ehrlichkeit, Aufrichtigkeit und Treue schätzt. Genauso war wohl Nickel, der Hund des französischen Soldaten. Möglicherweise hatten deine Eltern das Gefühl, dass du diese positiven Anlagen in dir trägst, und haben dir deshalb diesen Namen gegeben."

Pumpernickels Augen beginnen zu leuchten. „Das ist ein sehr guter Gedanke. Denn, obwohl ich ein großes, gut trainiertes Gehirn habe, größer als die

Gehirne von Maximo und Kasimir, bedeutet das nicht, dass ich allwissend bin. Ich lese sehr viel, und je mehr ich lese, desto mehr habe ich das Gefühl, dass ich nichts weiß."

„Diesen Satz hat er nicht erfunden", flüstert Jorge der Prinzessin kichernd ins Ohr.

Pumpernickel scheint gute Ohren zu besitzen. Nachdenklich sagt er: „Das haben wohl schon andere Lebewesen vor mir festgestellt. Aber nun zu eurem Problem. Weil ich schon einige Male Kriege verhindert habe, eilt mir der Ruf voraus, ich sei ein guter Vermittler bei Streitigkeiten. Deswegen habe ich vor, dem schwäbischen Drachen und dem sizilianischen Drachen eine Botschaft zu schicken, in der ihnen mitgeteilt wird, dass ich mich selbst um das Problem mit der bösen Fee, oder sagen wir lieber, der intriganten Hexe, kümmern werde."

Federica freut sich. „Was sind das für großartige Aussichten!"

Jorge sieht den Drachen misstrauisch an. „Und was hast du genau vor? Dürfen wir das wissen?"

„Ja, das dürft ihr. Ihr müsst es sogar wissen, damit ihr vorbereitet seid. Ich werde dieser Nüssli auferlegen, dass sie sich mit ihren gesamten negativen Zauberkünsten nur noch unter ihresgleichen aufhält und mit ihnen ihre fiesen Tricks ausführt. Sie muss mir dazu einen Vertrag unterschreiben und versprechen, dass sie alle anständigen Menschen und übrigen guten Wesen in Ruhe lässt."

„Und wenn sie das nicht will?" fragt Jorge skeptisch.

„Dann wird meine Armee, die auf der ganzen Welt verteilt ist, Hieronymus als Geisel festnehmen und so lange in

Gefangenschaft halten, bis sie bereit ist, das Dokument zu unterzeichnen."

Der Zwerg staunt. „Welche Armeen? Und vor welchen Armeen sollte Nüssli Angst haben."

Pumpernickel lächelt nachsichtig. „Ich bin nicht nur einer der kleinsten Drachen der Welt, ich habe auch eine ganz besondere Armee. Sicher kennt ihr das Land Florazien, in dem die Prinzessin Lilli wohnt. Dort reiten die Menschen in hüpfenden Kängurus, doch es ist auch bekannt, dass die dort lebenden, kleineren Exemplare dieser Spezies nicht größer sind als ein Floh."

Federica nickt. „Ja, davon habe ich schon gehört, und von all diesen wunderbaren Pflanzen und Tieren, die in Florazien heimisch sind."

Der grünschimmernde Drache lächelt schelmisch. „Siehst du?! Und ich habe ganz winzige Zwerge, die sind nicht größer als Ameisen, und sie leben häufig in den Ameisenkolonien, weil sie sich dort nützlich machen und sehr fleißig sind. Diese winzigen Zwerge sind auf der ganzen Welt verbreitet, leben überall in jedem bewohnten oder auch unbewohnten Land. Da könnt ihr euch vorstellen, dass es viel mehr winzige Zwerge gibt, als Menschen oder böse Feen."

Jorge staunt und atmet tief. „Davon habe ich noch nie gehört."

Pumpernickel schmunzelt erneut. „Das haben auch die Menschen zu Columbus gesagt, nachdem er Amerika entdeckt hat. Nüssli weiß von meinen Mini-Zwergen, und ist clever genug, um mir zu glauben, dass ich fähig wäre, ihren Sohn von ihnen entführen und bewachen zu lassen. Bis jetzt haben wir in Ruhe miteinander gelebt, Nüssli und meine Zwerg-Kolonien, und haben uns gegenseitig toleriert. Sie hat mir keinen Schaden zugefügt, und ich habe sie auch in Ruhe gelassen. Aber wenn sie jetzt im Geheimen irgendetwas Schlechtes plant, dann wird es höchste Zeit, Grenzen zu zeigen. Somit haben dann auch Maximo und Kasimir keinen Grund mehr, einen Krieg anzuzetteln. Glücklicherweise wohnen sie weit genug weg voneinander und fliegen beide nicht gern. Daher können sie sich auch in Zukunft aus dem Weg gehen, ohne sich auf die Flossen zu treten."

„Du bist sehr klug", findet die Prinzessin. „Und das alles klingt nach einer guten Lösung."

Pumpernickel lächelt bescheiden. „Ich nutze nur meine Mittel."

„Dafür sind wir dir sehr dankbar", teilt ihm Federica lächelnd mit. „Können wir auch etwas für dich tun?"

„Du hast bereits sehr viel für mich getan", antwortet der Drache ernst. „Ich habe immer über die Namensgebung meiner

Eltern nachgedacht und viel darüber nachgegrübelt. Das muss ich mir jetzt nicht mehr antun, sondern kann das Thema abhaken. Ich werde mir ein neues Hobby zulegen, über andere, wichtigere Dinge nachdenken können, und das verdanke ich dir."

Jorge meldet sich zu Wort. „Aber was ist mit Hieronymus. Selbst wenn Nüssli in Zukunft die guten Menschen und Wesen in Ruhe lässt, wie wird sich ihr Sohn verhalten? Wird er nicht weiter böse Dinge zaubern, so wie er es von seiner Mutter gelernt hat?"

„Nein, er ist ja noch nicht abgenabelt, und das Blut fließt quasi noch durch die Nabelschnur. Er hat dann zwei Möglichkeiten. Wenn er nicht abgenabelt wird, richtet er sich weiterhin nach den Anweisungen seiner Mutter, er wird sich dann auch unter die Bösen begeben. Wenn er sich aber abnabelt, muss er erst eigenständig werden, ein ganz neues

Wesen, das sich neu in der Welt beweisen muss. Ich werde ihn in dieser Zeit, in der er das Gehen lernt, beobachten lassen. Und glaubt mir, ich greife sofort ein, wenn ich etwas Verdächtiges an ihm entdecke."

Jorge schüttelt sich. „Wenn ich in Zukunft einen Ameisenhaufen sehe, werde ich ihn sehr misstrauisch beobachten. Es wird ein komisches Gefühl sein, wenn ich denken muss, dass sich dort überall deine kleinen Zwerge als Aufpasser befinden."

Pumpernickel schmunzelt. „Ja, mit der Natur sollte man vorsichtig sein. Meine kleine Armee passt schon auf. Und nun verrate ich euch mein Geheimnis. Sicher habt ihr schon einmal den Spruch gehört: „Die Natur schlägt zurück." Diesen Satz haben meine kleinen Zwerge geprägt, und sie sind nicht immer zum Spaßen aufgelegt."

„Jetzt sind wir etwas schlauer geworden", gibt Jorge nachdenklich zu. „Und ich bin sehr froh, dass sich für die Zukunft eine Lösung anbietet. Wie schnell kannst du deine Idee in die Tat umsetzen?"

„Wenn ich eine Idee für gut befinde, setze ich sie sofort in die Tat um. Sobald wir unsere Besprechung beendet haben, werde ich meine Nachrichten und Dokumente aufsetzen. Dann werden sie schon bald auf die Reise gehen."

„Dann wollen wir dich auch nicht länger aufhalten", beschließt Federica. „Du hast uns und der ganzen Welt einen großen Dienst erwiesen, und wir danken dir von Herzen."

„Das ist nett von euch", erwidert der Drache. „Aber ich bitte euch, von Umarmungen abzusehen, denn, ohne dass ich es beeinflussen kann, fange ich an zu knurren wie ein Hund, wenn man mich berührt. Irgendwann werde ich einmal eine Therapie machen, aber das muss jetzt erst einmal warten."

Die Prinzessin verkneift sich ein Lächeln. „Du bist auf dem richtigen Weg. Kein Lebewesen ist perfekt, aber du bist bereit, dich für deine Entwicklungen zu öffnen. Das bedeutet, leben zu können."

Pumpernickel räuspert sich. „Ich wünsche euch eine gute Heimreise, und viel Erfolg auf eurer Lebensreise!" Mit einem kurzen Bellen ruft er Rote Bete herbei und bittet ihn, die Besucher zum Ausgang zu geleiten.

Kapitel 29

Zurück in San Lorenzo

Lamina erwartet die Prinzessin am Seerosenteich im Schlossgarten von San Lorenzo.

Sie sitzt auf einer weiß lackierten Gartenbank und sieht den tanzenden Libellen zu, die sich graziös über den Seerosen bewegen, leicht und zierlich schweben und zwischendurch wie verzaubert innehalten.

Federica eilt herbei. „Du bist hier? Bist du gehumpelt, oder hat dich jemand getragen?"

Die gute Fee strahlt. „Es war eine Wunderheilung, von einer Stunde zur anderen hatte ich keine Schmerzen mehr im Fuß. Ich muss allerdings auch dazusagen, dass ich ein Kräuterrezept von Melinda aus Florazien ausprobiert habe.

Der kühlende Umschlag mit dieser Essenz scheint ebenfalls zur Heilung beigetragen zu haben."

„Das hört sich sehr gut an", findet die Prinzessin und freut sich. „Ich habe dir ja die neuesten Nachrichten und Ergebnisse unserer Reise ins Rheinland schon mitgeteilt. Da bin ich sehr glücklich, dass es diesen wundervollen Drachen Pumpernickel gibt. Und wie war es hier bei dir? Hast du noch mehr gute Nachrichten?" Sie setzt sich auf die Bank und sieht die Freundin erwartungsvoll an.

„Ich habe eine ganze Menge Neuigkeiten für dich, es ist viel passiert in der kurzen Zeit. Aber leider gibt es auch schlechte Nachrichten."

Die Prinzessin atmet tief. „So etwas lässt sich eben nicht vermeiden. Wir hatten ja auch genug Probleme, und die lassen sich nicht alle so schnell lösen. Also, dann fang mal an!" Sie lächelt Lamina aufmunternd zu.

„Hieronymus drängelt entsetzlich und droht dir und uns mit einer Strafe, wenn wir den Container nicht sofort zum Kuschelkater transportieren lassen. Das aber schien uns zunächst unmöglich, denn der Transporter, der den riesigen Container fahren sollte, steht mit einem Defekt in einer Werkstatt. Das sind also die ersten beiden schlechten Nachrichten. Die nächste schlechte Nachricht kam aus Venedig, denn dort wird Mario schon langsam ungeduldig. Er sagte mir, dass er nur noch bis morgen früh in Venedig bleiben kann, dann hat er drei Wochen, in denen er für die Prüfung büffeln muss, und ihr könnt euch in dieser Zeit nicht sehen. Er schien mir ein kleines bisschen verschnupft zu sein, denn er meinte mit trauriger Stimme, du habest gar keine Zeit mehr für ihn, und ob es denn nicht möglich sei, dass du für einige Reisen Vertreter In die Welt schicken könntest."

Federica seufzt leise. „Oh, ja! Das kann ich verstehen. Ich vermisse ihn auch sehr. Eigentlich hatten mir meine Eltern empfohlen, dass ich mich erst einmal um mich kümmere und meine verlorene Kindheit nachhole. Aber dann hat mich das Leben doch in eine andere Richtung gedrängt. Manchmal geht es nicht ohne Umwege, und im Nachhinein weiß man oft, wozu es gut war. Jetzt muss ich erst einmal schauen, was wir mit dem Container anfangen können. Was hat denn eigentlich Hieronymus damit zu tun?"

„Das habe ich zuerst auch nicht verstanden. Aber diese Mary muss ihn wohl aufgesucht haben, weil du nicht da warst, und soll ihn beauftragt haben, die ganze Sache in die Hand zu nehmen, weil die Brillen einen so großen Wert darstellen."

Die Prinzessin kneift die Augen zusammen. „Ich finde das ein bisschen merkwürdig. Warum ist Mary nicht selbst nach San Lorenzo gekommen oder hat auf mich gewartet?"

„Das kann ich dir sagen. Hieronymus gibt sich überall als dein Manager aus, und das kann man auch überall in den Medien entdecken."

„Mein Manager? Das ist ja entsetzlich. Wir haben vereinbart miteinander gegen die Bosheiten seiner Mutter anzukämpfen. Aber er ist doch nicht der Manager meines Lebens. Ich bin selbst für all das verantwortlich, was ich fühle, denke und tue."

„Offenbar sieht er das etwas anders", bemerkt Lamina. „Er hat wohl Spaß daran gefunden, dich herumzukommandieren."

„Dagegen muss ich schnellstens etwas unternehmen", beschließt Federica. „War das nun alles, oder hast du noch mehr böse Überraschungen?"

„Ich habe eine Nachricht von Leonard bekommen, ich könnte heute Abend nach Mühlwald, um mich mit ihm zu treffen. Er schrieb sogar, dass er sich sehr freut, wenn ich es möglich mache."

„Das ist doch fantastisch", findet die Prinzessin und freut sich. „Endlich einmal wieder eine gute Nachricht!"

„Ja, aber es geht nicht. Ich habe ihm schon abgesagt."

„Warum denn nicht?" fragt die Prinzessin irritiert.

„Der Frosch Hoppla hat sich angeboten, heute mit uns die ganze Containerladung zum Kuschelheim von Jeremias zu transportieren."

Federica staunt. „Der Frosch Hoppla? Wie will er das denn anstellen?"

„Das hat er nicht verraten, das sei sein Geheimnis. Aber er will es nur tun, wenn ich mitkomme und ihm dafür einen Belohnungskuss schenke."

„Ach, was für ein Durcheinander! Und da hast du ihm natürlich zugesagt, um mir und den vielen Kuschelkindern zu helfen?!"

„Natürlich, das ist doch selbstverständlich. Meine privaten Wünsche sind momentan weniger wichtig. Ich mache es genauso wie du. Momentan muss man Prioritäten setzen, und der Weltfrieden ist schließlich wichtiger, der durch die Kuschelstuben langfristig gesichert werden kann. Du hast dafür gesorgt, dass die Drachen ihren Teil dazu beitragen und hast auch auf deine Treffen mit Mario verzichtet."

Federica hebt die Augenbrauen und seufzt leicht. „Hoffentlich ist mir Mario nicht lange böse, ich möchte ihn natürlich nicht verlieren."

„Leonard und Mario müssen uns verstehen. Und wenn sie nicht warten wollen, ist diese Liebe auch nicht tragfähig. Eine wahre Liebe muss einiges aushalten können."

Die Prinzessin stimmt ihr zu. „Wir müssen es jetzt riskieren. Also, wie geht es jetzt weiter? Wann kommt Hoppla? Und wann geht es los?"

„Wir können noch gerade in Ruhe einen Imbiss in der Schlossküche einnehmen, und dann geht es auch schon los. Hoppla will dann vor dem Schlosstor auf uns warten und mit uns beiden und der Brillen-Ladung Richtung Verona fahren."

Federica atmet auf und beobachtet einen Frosch, der auf einem Seerosenblatt sitzt und nach einer Fliege schnappt. „Hoppla! Immerhin, es geht weiter."

Kapitel 30

Die Brillen der Mary Gray

Vor dem Tor des Schlossgartens entdecken die Prinzessin und ihre Freundin einen großen weißen Lastwagen, der den Container bereits aufgeladen hat.

Hoppla springt ihnen entgegen und führt sie zur Beifahrertür. „Steigt ein, ich schließe mich euch an, denn am Steuer sitzt bereits unser kompetenter Fahrer."

Die beiden Frauen befolgen seine Anweisung und klettern in den Wagen, der Frosch folgt ihnen umgehend und setzt sich auf das Armaturenbrett.

Mit Erstaunen stellt Federica fest, dass es sich Luciana, die weiße Schneekatze, auf dem Fahrersitz bequem gemacht hat.

„Du? Was machst du denn hier? Hast du etwa auch den Führerschein für diese riesigen Fahrzeuge?"

Das possierliche Tier mit den langen seidigen Haaren schnurrt leise. „Natürlich! Was dachtest du denn?! Weißt du überhaupt, mit wie vielen Schneefahrzeugen ich schon oben zu den Gletschern gefahren bin?! Erst neulich haben wir wieder große Tücher hinaufgebracht, mit denen wir das Schmelzen des Eises ein wenig verhindern können."

„Das ist nett, dass du wieder einspringst", freut sich die Fee. „Federica hat mir schon von deinem eleganten und zügigen Fahrstil berichtet. Du wirst uns schnell zum Ziel bringen, und diesmal kann Hieronymus nicht meckern."

Luciana startet den Wagen und setzt ihn in Gang. „Ich werde mein Bestes geben. Aber was hat eigentlich Hieronymus damit zu tun? Ich dachte, die Brillen müssen zu Jeremias, dem Direktor der Kuschelstuben?"

„Die Engländerin, die schon eine ganze Menge Spielzeug und auch nun diese Brillen organisiert hat, hat mich leider persönlich verpasst, weil ich auf Reisen war", erklärt die Prinzessin. „Deshalb hat sie den Kontakt mit Hieronymus aufgenommen, der sich offensichtlich momentan so aufführt, als sei er mein Manager."

„Ich traue ihm nicht", teilt die Katze den anderen mit. „Immer, wenn er die Hände im Spiel hat, entwickelt sich etwas in eine unnatürliche Richtung. Natürlich hat Nüssli ihren Sohn mit voller Absicht so erzogen, damit er mit seiner lebensfremden Art immer auf sie, die Übermutter, angewiesen ist."

„Und was könnte das jetzt zu bedeuten haben?" erkundigt sich Lamina.

„Wir müssen die Ladung gut bewachen. Möglicherweise will er sie austauschen, gegen irgendein verzaubertes Zeug, das den Kindern und Erwachsenen später nicht guttut."

„Wer ist diese Mary Gray eigentlich?" erkundigt sich Hoppla.

„Ich habe sie in Venedig kennengelernt", berichtet die Prinzessin. „Sie war dort mit ihrem Mann, einem sehr netten Engländer, und wir haben uns ein paarmal kurz dort getroffen."

Luciana hebt die buschigen Brauen über den hellen Katzenaugen. „Hast du dich schon einmal über sie erkundigt?"

Federica schüttelt leicht den Kopf. „Bisher noch nicht, ich hatte auch wenig Zeit. Und außerdem gab es keinen Anlass dafür, denn sie hat mir prompt schöne Spielsachen für alle Einrichtungen schicken lassen."

Hoppla kratzt sich am Kopf. „Ich möchte am liebsten jetzt nach ganz unten, zwischen eure Füße, hinabsteigen."

Luciana lenkt den Wagen auf die Autobahn, die große Strada, die gen Süden führt. „Bist du etwa schon müde und möchtest schlafen?"

„Nein, ich habe ein komisches Gefühl. Ihr seid doch sicher darüber informiert, dass Frösche ganz nach oben klettern, wenn schönes Wetter naht, aber wenn ich an die Fracht hinten im Container denke, vermittelt mir diese Ladung das Gefühl, dass ich ganz nach unten steigen muss, wie bei ganz schlechtem Wetter."

„Auf die Gefühle eines Frosches kann man sich verlassen", findet Luciana. „Ich denke, wir sollten den Inhalt des Containers einmal überprüfen!"

„Es ist alles verschlossen", weiß Federica. „Wir müssen wohl an den Zielort durchfahren, und dort erwartet uns Hieronymus vor dem Gelände des Kuschelparks, um die Ankunft der Brillen noch einmal zu überprüfen. Er ist nämlich wahrer Meister im Kontrollieren und Überprüfen. Für diesen Bereich hat er neulich noch eine Extraausbildung absolviert."

Hoppla ist nicht zufrieden. „Das ist schon merkwürdig, dass er dort unbedingt anwesend sein will. Ich bin sehr gespannt, was er vorhat. Aber trotzdem mache ich euch jetzt einen Vorschlag. Ich fühle mich ziemlich platt, die Ausstrahlung des

Containers hat mich heruntergezogen und klein gemacht. Da passe ich bestimmt durch einen Spalt hindurch und kann im Inneren die Ware überprüfen. Ich werde mir einfach eine der Brillen aufsetzen, und schauen, was passiert."

Die weiße Katze lenkt das große Fahrzeug auf einen Parkplatz und hält den Wagen an. „Ich kann nicht verantworten, dass du deine Eskapaden während der Fahrt vollziehst", sagt sie streng zu dem kleinen Frosch. „Wenn alle damit einverstanden sind, dann nehme ich dich jetzt auf meinen Rücken und klettere auf den Container. Dort kannst du, Hoppla, dann dein Bestes versuchen."

„Ist es oben auf dem Container nicht furchtbar rutschig?" befürchtet Lamina.

Luciana lacht und zeigt ihre Krallen. „Du vergisst, dass ich oben auf einem Gletscher lebe. Rutschen ist mein Hobby."

Da alle mit Hopplas Vorschlag einverstanden sind, begeben sich die Schneekatze und der Frosch auf ihre Erkundungstour.

„Ich werde euch alles haarklein berichten", verspricht der grüne Freund, während sie sich entfernen.

Danach scheint die Zeit still stehen zu bleiben, alles ruht. Während Federica und die Fee ihre Uhren und Mobiltelefone fixieren, geschieht eine unendliche Weile lang gar nichts. Die beiden Frauen werden von Minute zu Minute unruhiger und befürchten, Hoppla könne im Container gefangen sein.

„Sicher kann ihm nichts Schlimmes passieren", versucht Lamina die Prinzessin zu beruhigen. „Wenn Luciana bald zurückkommt und weiterfährt, dann wird unser guter Frosch spätestens am Zielort befreit werden können."

Kurz bevor sich Federica nach draußen begeben will, um die Katze über die aktuelle Lage der Dinge auszufragen, erscheinen beide Tiere wieder im Führerhaus des Lastwagens.

Matt setzt sich Hoppla auf Laminas Schoß, und Luciana berichtet, was geschehen ist.

„Tatsächlich hat es unser mutiger Frosch geschafft, in das Innere des Wagens zu gelangen. Mühelos konnte er die Brillen finden und hat sich dann eine Kinderbrille aufgesetzt, die ihm zunächst immer wieder wegrutschte. Intelligent, wie er ist, hat er dann den Kopf angehoben, und die Sehhilfe hielt an der Stelle, an der sie halten sollte."

„Und? Was war dann? Ich platze fast vor Neugier", gesteht Lamina.

„Dann kam das große Drama. Denn Hoppla hatte nicht den erwarteten Durchblick, sondern wurde zusehends missmutiger und depressiver. Er glaubte plötzlich, dass er und die ganze Welt nicht mehr zu retten seien und wollte sich auf dem Grund des Containers verkriechen."

„Und was geschah dann?" will Federica wissen.

„Nur mit der Aussicht, mich verprügeln zu dürfen und alles kurz und klein schlagen zu können, konnte ich unseren sonst so friedfertigen Frosch aus seinem Gefängnis locken. Glücklicherweise musste er die Brille bei seiner Rückkehr durch den Schlitz wieder absetzen, sonst hätte er nicht durch den schmalen Spalt gepasst, daher konnte ich ihn dann an seinen langen Beinen wieder herausziehen. Allerdings musste ich ihn danach eine ganze Weile an mein Katzenherz drücken, bevor er wieder halbwegs normal wurde."

Die Prinzessin atmet tief. „Dann wird mir jetzt alles klar. Diese Brillen sind kein gutes Geschenk, sondern sollen alle Menschen und Lebewesen in Angst und

Schrecken versetzen, ihnen schaden, in Depressionen versetzen."

„Dann steckt sicher auch Nüssli dahinter", vermutet Lamina. „Möglicherweise ist sie auch selbst in die Verkleidung dieser Mary Gray geschlüpft."

Die Königstochter nickt. „Wahrscheinlich will Hieronymus die Ladung überprüfen, um zu verhindern, dass es jemand anders tut. Sicher möchte er seiner Mutter wieder einmal zeigen, was er für ein großartiger Kontrolleur ist, der alles im Griff hat."

„Und wie gehen wir jetzt weiter vor?" erkundigt sich die Fee.

Federicas Augen blitzen „Wir fahren jetzt zu dem vereinbarten Parkplatz. Aber ich werde auch Jeremias dorthin bestellen, und er soll all seine Helfer mitbringen. Dann werden wir Hieronymus nicht mehr aus den Augen lassen und schauen, was er macht und wie er sich verhält. Ich habe keine Angst mehr vor ihm. Ich weiß, dass er mir nichts anhaben kann. Hat sonst noch jemand etwas dafür oder dagegen zu sagen?"

Hoppla meldet sich. „Leider fühle ich mich noch sehr schwach. Ich möchte jetzt gern den versprochenen Kuss von Lamina, möglicherweise hilft mir jetzt diese Mund-zu-Mund-Beatmung."

Die anderen lachen, und die Fee lässt den Frosch in ihre rechte Hand gleiten. Sie hebt den Arm an und beugt ihren Kopf ein Stück weit vor, bis ihre Lippen das Mäulchen des Frosches berühren. Sanft und ohne zu zögern, küsst sie ihn.

Der Kuss scheint eine ungeahnte Wirkung auf Hoppla auszuüben, munter springt er wieder auf ihren Schoß zurück. „Ich danke dir, schönste Fee! Du hast mir das Leben gerettet, und ich werde es dir nie vergessen. Von nun an werde ich dich zärtlich „Laminina" nennen."

Die Insassen des Führerhauses lachen, erinnern sich aber schnell wieder an den Ernst ihrer Gefahren trächtigen Situation, und sie versinken bald in die Gedanken-Welt, grübeln über den Fortgang der Geschichte.

Kapitel 31

Am Parkplatz vor dem Kuschelzentrum

Als die weiße Katze den großen weißen Lastwagen mit dem Container auf dem Parkplatz des Kuschelzentrums anhält, entdecken die Insassen des Fahrzeugs, dass sie bereits von Hieronymus, Jeremias und einer Menge anderer Leute erwartet werden.

Während sich Luciana und Hoppla im Führerhaus des Wagens verstecken, begeben sich die beiden Frauen auf den Parkplatz zu den Wartenden.

Hieronymus stürmt auf die Prinzessin zu. „Was soll denn das schon wieder?! Ich habe schon Ewigkeiten hier gewartet und wollte die Kontrolle allein vornehmen. Das will ich in Ruhe tun, und kann keinen Störenfried dabei gebrauchen."

„Von unserer Seite wird keiner stören", mischt sich Jeremias ein. „Wir halten uns zurück und stehen nur für den Notfall bereit."

„Und wer öffnet jetzt den Container?" wendet sich Federica an Nüsslis Sohn.

„Deine Freundin, Mary Gray, hat mir einen Schlüssel hinterlassen", behauptet er. „Ich werde die hintere Tür öffnen und nachschauen, ob alles seine Richtigkeit hat."

„Dann lass dich nicht dabei stören!" empfiehlt die Prinzessin. „Lamina und ich, wir werden inzwischen dem Leiter dieser wunderbaren Einrichtung Gesellschaft leisten."

Während sie Jeremias und seine Helfer begrüßt, öffnet Hieronymus die hinteren Türen des Containers und holt einige Pakete aus dem Inneren. Vorsichtig öffnet er sie und begutachtet die Brillen.

Zufrieden gesellt er sich zu den am Parkplatzrand Wartenden und wendet sich an Federica. „Es hat alles seine Richtigkeit. Die Brillen tragen die richtigen Initialen dieser fantastischen Firma, die für ihren Perfektionismus bekannt ist. Nun kann die Verteilung beginnen."

In diesem Augenblick erscheint ein heulender Warn-Ton und füllt die Luft. Die

Umstehenden sehen sich erschrocken an, können jedoch nicht orten, aus welcher Richtung ihnen die lautstarke Warnung entgegenschallt.

Doch schon einen Moment später sehen die Wartenden, dass sich der Container, von einer Hydraulik gehoben, immer weiter nach oben streckt.

Entsetzt wendet sich Hieronymus an die Prinzessin. „Was ist denn das schon wieder?!" Und Federica erinnert sich, diesen Satz schon unzählige Male aus seinem Mund gehört zu haben. Er fährt fort: „Wer bedient denn da die Mechanik des Anhängers?"

Federica schmunzelt und hat eine Ahnung, aber sie hütet sich, ihm ihre Gedanken anzuvertrauen. „Das muss eine Automatik sein", behauptet sie.

Doch inzwischen ist der Container schon mehrere Hunderte von Metern hoch gestiegen, und die Umstehenden treten respektvoll weiter zurück.

Ein leises Quietschen zeigt an, dass sich der Container nach hinten neigt, nacheinander rutschen alle Kartons hintereinander bis an die Kante der Öffnung, fallen hinaus und purzeln durch die Luft.

Dumpfe, knackende Geräusche, und verschiedentliches Klacken und Klirren mischt sich mit den lauten, erstaunten Rufen des Publikums.

Hieronymus schlägt die Hände über dem Kopf zusammen. „Wie konnte das nur passieren?!"

„Auf jeden Fall müssen wir die ganze Ladung wieder zurückschicken", wendet sich Jeremias an Nüsslis Sohn. „Aus dieser Höhe zu Boden gefallen, ist wohl kein Glas heil geblieben, denn die meisten Kartons haben sich schon in der Luft geöffnet. Den Rest hat dann wohl der Aufprall und das

das Aufeinanderstoßen auf dem Boden erledigt."

„Was für ein Drama!" stöhnt Hieronymus, „wie soll ich das nur meiner Mutter erklären?"

„Solche Unfälle passieren eben", antwortet der Kuschelkater mitleidslos. „Ich hoffe, sie war gut versichert. Was hat sie eigentlich mit der Mary Gray zu tun?"

Nüsslis Sohn fühlt sich enttarnt. „Von ihr hatte sie ihre erste Lesebrille. Und ich bekomme jedes Jahr neue Kontaktlinsen von dieser netten Frau."

„Vielleicht solltest du einmal die Firma wechseln", schlägt ihm Lamina vor. „Es könnte dir nicht schaden, dir einmal einen neuen Durchblick zu verschaffen."

Er schmollt. „Nach diesem Desaster schickt mich meine Mutter bestimmt wieder in die Wüste."

„Das glaube ich nicht", antwortet die Fee. „In der nächsten Zeit wird sie dich sicher noch oft brauchen. Aber wenn du dein Leben einmal ändern möchtest, kann ich dir ein paar gute Orte nennen, die dir Tipps geben und dir neue Erkenntnisse verschaffen. Ich werde dir die Liste einmal schicken."

„Tu, was du nicht lassen kannst", sagt er ergeben. „Ich war immer ein guter Gewinner. Jetzt will ich auch ein guter Verlierer sein."

Ein summendes Geräusch lässt alle aufblicken. Staunend beobachten die Umstehenden, wie sich der Container wieder in die waagrechte Position zurücksetzt und sich wie ein Fahrstuhl langsam wieder herabsenkt.

Jeremias lädt alle Anwesenden in den Garten ein, auch Hieronymus folgt mit gesenktem Kopf. Nur Federica und die Fee warten noch ein Weilchen vor dem Tor, bis sich die Schneekatze und Hoppla aus dem Führerhaus des Lastwagens bewegen und herausklettern.

Die Prinzessin nimmt Luciana und den Frosch abwechselnd in die Arme. „Das habt ihr wirklich sehr gut gemacht!" lobt sie die beiden. „Ein Meisterwerk!"

Doch ehe sie sich versieht, sind die beiden verschwunden.

„Sehr komisch", findet Federica, „irgendetwas geht hier nicht mit rechten Dingen zu."

## Kapitel 32

### Lamina auf der Suche nach Leonard

„Du hast bis jetzt alles mit mir durchgestanden, jetzt will ich dich auch nicht allein lassen", wendet sich Federica an die Freundin. „Und wenn wir jetzt in Mühlwald jeden nach diesem Leonard fragen müssen, ich werde mit dir gehen, bis wir ihn finden."

„Das habe ich doch gern getan", beteuert die Fee. „Und außerdem habe ich jetzt noch dieses Diplom bekommen. Ich darf jetzt viel mehr zaubern als vorher, und das nur, weil ich meine eigenen Interessen zurückgesteckt und dir geholfen habe. Dabei war das doch etwas ganz Selbstverständliches für mich."

Die Prinzessin lacht. „Es ist eben nicht selbstverständlich, und es muss auch belohnt werden. Das hast du dir verdient."

Sie hält einen Wanderer an. „Sind Sie vielleicht aus dieser Gegend?"

„Ja, ich bin der Tobias", antwortet der Fremde. „Kann ich dir irgendwie helfen?"

„Wir suchen einen jungen Mann, der Leonard heißt und hier in der Gegend wohnen soll. Er weiß alles über die Wundertanne und die romantische Geschichte von Adelaide und Moro. Kennst du ihn vielleicht?"

Er schüttelt den Kopf. „So einen gibt's hier nicht bei uns im Tal, oder er müsste ganz neu sein. Seid ihr sicher, dass ihr euch den richtigen Namen gemerkt habt?"

„Ja sicher", antwortet Lamina fest. „Diesen Namen vergesse ich nie. Er hat mich neulich hierher bestellt, aber ich war leider mit wichtigen Dingen beschäftigt."

Der Fremde betrachtet die beiden Frauen genau. „Ach, jetzt erkenne ich euch wieder. Du bist doch die Prinzessin von San Lorenzo, die verhindert hat, dass all die schlimmen Brillen unter den Menschen verteilt wurden. Das habt ihr richtig gut gemacht." Er sieht die Fee an. „Und du bist die gute Freundin, die sogar einen Frosch dafür geküsst hat, damit er bei dieser ganzen Geschichte hilft. Das finde ich echt mutig von dir. Wie war das denn so, einen Frosch zu küssen?"

„Ach, es war gar nicht so schlimm. Ich habe dabei nur an einen Leonard gedacht und mir vorgestellt, ihn zu küssen."

Er lacht. „Ganz schön mutig. Weißt du auch, dass der Frosch seitdem in dem Märchenpark verschwunden ist? Bist du sicher, dass du ihn nicht mit irgendeiner Menschen-Krankheit angesteckt hast, die für einen Frosch gefährlich sein kann?"

„Hoppla ist verschwunden?" wundert sich Lamina. „Das hätte ich jetzt nicht gedacht. Und wer erzählt nun dort Geschichten?"

„Ach, sie haben schon einen neuen Frosch gefunden. Aber der erzählt jetzt lustige Geschichten, und die Kinder lachen überhaupt nicht."

Die Fee überlegt. „Was mag denn nur mit Hoppla passiert sein. Ich werde ihn suchen, denn schließlich bin ich wohl für alles verantwortlich."

„Das bist du nicht", beruhigt Federica ihre Freundin. „Er wollte doch, dass du ihn küsst. Jetzt ist er für die Folgen selbst verantwortlich."

„Aber jetzt bin ich beunruhigt. Wir sollten doch zurückgehen und überall nach Hoppla suchen."

„Nein, das machen wir jetzt nicht", entscheidet die Prinzessin. „Wir sind jetzt hier, um Leonard zu suchen, und das machen wir jetzt auch. Um Hoppla kümmern wir uns später."

„Kann ich euch sonst noch irgendwie helfen?" erkundigt sich der Fremde.

„Vielen Dank, aber nein", antwortete die Fee. „Doch, wenn dir noch etwas einfällt wegen Leonard, schicke uns bitte eine Nachricht nach San Lorenzo!"

Er verspricht es feierlich und verabschiedet sich von den beiden Frauen, die sich zu der Baumgruppe begeben, in der sich die Wundertanne befindet.

Die Prinzessin hält Ausschau nach dem Papagei und hofft, dass er ihrer Freundin eine Antwort geben kann, aber so viel sie sich auch umschauen, der Vogel ist nirgends zu sehen.

Eine Weile stehen sie zwischen den nach Harz duftenden, dunklen Bäumen und öffnen ihre Sinne, um sich ein wenig zu erholen.

„Nach all unseren Abenteuern sollten wir ganz bewusst nach Entspannung suchen", findet Lamina.

Federica nickt. „Das wollen wir nie vergessen, denn man weiß nie, welche Probleme einen am anderen Morgen erwarten. Ich werde öfters zu den Brunnen zurückkehren, um zwischendurch Kraft zu tanken."

Die Fee seufzt. „Ob ich wohl auch noch einmal zu einem dieser Brunnen gehe, um dort eine Erleuchtung zu erhalten? Vielleicht verrät mir eine sprudelnde Quelle, wo sich Leonard aufhält?"

Bevor die Prinzessin eine Antwort geben kann, erscheint eine Gestalt zwischen den Tannen, und die beiden Frauen erkennen einen jungen Mann, der sich ihnen nähert.

Lamina öffnet die Augen weit und blinzelt ein paar Mal, denn sie glaubt, dem Bild, das ihr erscheint, nicht trauen zu können.

„Leonard?" fragt sie verwundert.

Als er nicht antwortet, berührt sie seine Hand, um festzustellen, dass es sich nicht um eine Fata Morgana handelt.

Doch als er sie in den Arm nimmt und ganz festhält, spürt sie an seinem pochenden Herzen, dass es sich um ein Wesen aus Fleisch und Blut handelt.

„Du bist es wirklich!" sagt sie überglücklich.

„Natürlich bin ich es", antwortet er leise, „meine liebe kleine Laminina."

Kapitel 32

Die Prinzessin auf der Insel

Der große dunkle Drache Maximo hat sich auf der dunklen Vulkan-Erde ausgebreitet und sieht aus wie ein Hügel, der sich dort nach einer Eruption gebildet hat.

Er hebt den Kopf, als Federica nähertritt und sieht sie freundlich an. „Entschuldige bitte, wenn ich liegen bleibe, aber ich sonne mich gerade und fand soeben eine gemütliche Stellung."

Sie lächelt ihn an. „Lass dich nicht stören! Es ist schön, dich auch einmal als einen gemütlichen Drachen kennenzulernen. Bisher habe ich nur von deinem

Temperament gehört, das ab und zu auch mal überschäumt."

Er schmunzelt und grunzt ein bisschen. „Glaub nicht allem, was du hörst! Es gibt nichts Zweifelhafteres als Nachrichten, die man aus zweiter Hand hört. Es ist nett, dass du mich einmal selbst besuchen kommst. Deine reizende Freundin Lamina habe ich bereits kennengelernt. Ist sie mitgekommen?"

„Nein, sie wandert gerade mit ihrem Freund Leonard durch das Mühlwalder Tal, das immer wieder alle Menschen verzaubert."

„Da ist es mir viel zu kalt", bemerkt er. „Meine alten Knochen und Gelenke lieben diese Wärme hier. Und du bist bestimmt hierhergekommen, um mich zu fragen, was ich zu Pumpernickels Botschaften zu sagen habe?"

„Das interessiert mich wirklich sehr, denn Kasimir hat mir bereits mitgeteilt, dass er keinen Grund mehr sieht, dir irgendwelche Forderungen zu stellen. Er fühlt sich mit der weltweiten Mini-Zwergenarmee ausreichend gesichert."

„Es gibt für ihn im Schwabenland auch genügend andere Betätigung", findet Maximo. „Aber mir geht es eigentlich um dich? Kannst du mit diesen Zuständen leben? Fürchtest du die Hexe und ihren Sohn nicht mehr?"

„Ich habe mich an vielen Quellen gestärkt, und der Himmel hat mir durch Zeichen und Engel viele Möglichkeiten und Wege gezeigt, wie ich mich in Zukunft schützen kann. Tatsächlich macht es mir nichts mehr aus, wenn sich diese beiden übergriffigen Personen gegen mich wenden.

Ich fühle in mir jetzt die Freiheit und sehe, dass ich alles selbst in der Hand habe. Ich darf entscheiden, ob ich mich mit diesen beiden auseinandersetze oder nicht, und ich darf auch entscheiden, ob ich mich abwende. Eigentlich hatte ich vorgehabt, meine Kindheit noch einmal zu genießen, doch es war wohl wichtig, dass ich vorher einiges für mich noch in Ordnung brachte. Vielleicht gibt es noch andere Hexen mit ihren Söhnen, denen ich begegnen werde. Jetzt bin ich aber stark genug, ihnen allen entgegenzutreten."

„Das hört sich gut an", findet Maximo. „Dann kannst du aber jetzt endlich einmal Ferien machen und dir Zeit für dich selbst nehmen."

Die Prinzessin lächelt. „Das möchte ich schon, wenn das Leben nicht wieder mit einer neuen Aufgabe auf mich wartet. Es wird sicher nicht die letzte gewesen sein, aber nun bin ich gewappnet."

„Denke aber daran, dass du dich zwischendurch immer gut erholst! Schau mich an! Übermorgen werde ich hier wieder mächtig im Ätna rumpeln, dass die

Fetzen fliegen. Aber danach entspanne ich wieder, so wie gerade jetzt."

„Du machst es richtig" findet sie. „Kannst du auch mit den vielen winzigen Zwergen zurechtkommen, die weltweit das Immunsystem der Erde darstellen?"

Er lacht laut. „Mit ein paar kleinen Ameisen bin ich immer schon fertig geworden. Sie sind wie das Salz in der Suppe. Eigentlich hatte ich vorgehabt, dieser bösen Fee eine Einladung zu schicken. Hier am Ätna ist es doch wunderschön mit dieser brisanten Atmosphäre: Es ist heiß, und es ist kalt, es ist ruhig, und es brodelt im Innern dieses magischen Ortes. Und falls sie noch auf einem Besen reitet, findet sie in meinen Kratern ein faszinierendes Feuer, das ihr einen abenteuerlichen Ritt verspricht."

„Und jetzt? Hast du es dir anders überlegt?"

„Am Ende habe ich gedacht, es ist doch zu riskant, einer bösen Fee die Möglichkeit zu geben, so stark in die Naturgewalten eingreifen zu können. Als sie hier war, konnte ich sie in der Höhle bewachen. Aber wenn sie hier ganz frei ihr Unwesen triebe, könnte ich nicht so gemütlich das Sonnenbad nehmen, wie gerade jetzt."

Die Prinzessin schmunzelt. „Dafür würde ich dir auch nicht garantieren. Wir haben also jetzt aber erst einmal ein bisschen Ruhe, oder?"

Er schließt die Augen. „Nun ja, hier ist es nie ganz ruhig. Das hat diese Gegend so an sich. Erst bricht diese Nüssli aus, dann der Vulkan, und glaube mir, Menschen können sich an alles gewöhnen."

„Sollten sie aber nicht, findet Federica. „Doch ich sehe es schon: Du bist müde und gelangweilt. Ich mache mich wieder auf die Socken."

„Verbrenne sie dir nicht!" rät ihr der Drache. „Und wenn du schon einmal hier bist, sieh dir auf jeden Fall die historische Stadt Catania an! Das lohnt sich immer."

„Genau das werde ich jetzt tun", teilt sie ihm mit. „Und dir ein großes Dankeschön, Maximo!"

Er hebt den mächtigen Kopf, schnauft kurz und sagt: „Ciao!"

## Letztes Kapitel

Als die Prinzessin in Catania vor dem originellen Elefanten-Brunnen auf der Piazza del Duomo steht, erinnert sie die große Skulptur an Maximo, der ebenso stark, mächtig und imposant wirkt.

Die Kathedrale übt eine große Anziehungskraft auf Federica aus, sogleich überquert sie den Platz und freut sich, dass der Dom Sant' Agatha gerade geöffnet ist. Das Schild mit den Öffnungszeiten verrät ihr: In der langen, sommerlich heißen Mittagspause bleibt die Kirche bis zum Nachmittag geschlossen, ein paar Minuten bleiben ihr also noch für eine kurze Besichtigung.

Eine angenehme Kühle empfängt die Prinzessin, als sie den Kirchenraum betritt. Ehrfürchtig geht sie durch das hohe Kirchenschiff und betrachtet die interessante Architektur des Inneren. Da finden sich schlichte romanische

Elemente, aber darüber auch eine großzügige barocke, schmuckvolle Ausstattung. Hier findet sich die gut gelungene Überleitung zu der prunkvollen Barockfassade, die Federica so sehr beeindruckt hat.

Sie setzt sich in eine Bank und lässt ihren Gedanken freien Lauf. Welche seltsamen Wege war sie geführt worden?! Aus all den Gefahren war sie wohlbehütet wieder herausgekommen, und das Leben hatte ihr gezeigt, dass es immer etwas gab, aus dem man etwas lernen konnte.

Wo mochte Nüssli wohl jetzt sein? Vielleicht in einer Großstadt, wo sie am wenigsten auffiel? Ob es einen Weg gab, sie wirklich zu ändern? Ob man wohl Hieronymus ändern konnte? Möglicherweise verhalfen schon ein paar andere Kontaktlinsen zu einer Verbesserung seiner Sichtweise?

Als eine ältere Frau an dem kleinen Altar eine Kerze anzündet, erhebt sich auch die Prinzessin und steckt eine Kerze in den schmiedeeisernen Behälter. In einem Gebet bedankt sie sich für den guten Ausgang ihres Abenteuers. Ihre Gedanken wandern weiter zu ihren Eltern, zu König Ernesto und Königin Margarita, die gerade in einer diplomatischen Mission auf einem fremden Erdteil weilen. Sie denkt auch ganz intensiv an Lamina, besonders, als sie das Streichholz zündet und die Kerze eine Flamme entwickelt. Und wo mochte jetzt Mario sein? Sicher saß er jetzt gerade in der Universität und schrieb eine Prüfungsarbeit.

Ob er ihr noch sehr böse war, dass sie ihn nicht mehr in Venedig besucht hatte?

Plötzlich fasst sie einen Entschluss, verlässt die Kirche und sucht das nächste freie Taxi. Wie gerufen findet sie unmittelbar darauf eines direkt in der Nebenstraße, und der freundliche

Sizilianer fährt sie auf ihren Wunsch hin zum Flughafen mit dem schönen Namen „Fontana Rossa", „rote Fontäne", oder auch „rote Quelle".

Federica erinnert sich voller Dankbarkeit an alle sprudelnden Quellen, die ihr Energie gespendet haben und erwirbt sich ein Ticket von Catania nach Paris.

Das Glück ist auf ihrer Seite, schon kurze Zeit später geht ihr Flug nach Paris zum Flughafen Orly.

Während das Flugzeug den Himmel durchquert, schließt die Prinzessin ein wenig ihre Augen und träumt von einem romantischen Spaziergang mit Mario an der Seine.

Als sie erwacht, sieht sie entsetzt in das Gesicht der Mary Gray, die ihr schräg gegenüber sitzt. Erschrocken springt sie auf und läuft den Gang entlang bis zur Toilette. Dort schließt sie sich erst einmal ein und kühlt sich das Gesicht mit kaltem

Wasser. Eine Menge Fragen jagen durch ihren Kopf. Handelt es sich bei dieser Frau um die echte Mary Gray? Oder ist das jetzt vielleicht Nüssli, in der Verkleidung dieser englischen Fabrikantin? Und wenn hier Nüssli mit ihr im Flugzeug sitzt, was hat sie vor? Will sie den Menschen im Flugzeug schaden? Will sie ihr, Federica wieder eine Falle stellen?

Die Prinzessin lässt kaltes Wasser über ihre Hände laufen und versucht, einen klaren Kopf bekommen. Noch sind ihre Gefühle in Aufruhr, jetzt heißt es, mit einem klaren Gedanken die Gefühle zu beeinflussen. Was auch immer Nüssli, falls sie es sein sollte, hier in der Luft vorhatte, sie, Federica, würde es verhindern können, mit Ruhe, mit Gelassenheit und mit der Hilfe des Himmels.

Ich habe gute Nerven, beruhigt sie sich, und wenn sie angespannt sind, werde ich sie entspannen.

Plötzlich erinnert sie sich an die Aussagen der verschiedenen Quellen, an die Worte, die sie verinnerlicht hat: *Die Hoffnung auf den guten Ausgang einer Angelegenheit und der Glaube an ein gutes Ende sind die Basis für das angstfreie Überstehen aller Situationen, die aussichtslos erscheinen.*

Ein kurzes Stoßgebet. Vielleicht dazu noch ein bisschen Ablenkung? Damit die Zeit nicht so lang wird.

Die Prinzessin verlässt den kleinen Waschraum und wendet sich an die Stewardess. „Haben Sie vielleicht eine schöne Tasse Schokolade für mich?"

Die freundliche junge Frau nickt. „Ich werde sie sofort bedienen. Ich bringe Ihnen gleich einen Kakao."

Eine Sekunde lang hofft Federica, dass sich diese Mary Gray in Luft aufgelöst hat, aber als sie an ihren Platz zurückkehrt, sitzt die Engländerin immer noch an derselben Stelle und schaut unverwandt aus dem Fenster.

Als die Stewardess die Schokolade serviert, erkundigt sich die Prinzessin nach einem netten Pariser Hotel. „Meinen Sie, dass ich noch ein freies Zimmer finde, oder haben wir gerade eine wichtige Veranstaltung in Paris?"

„Das wird schwer werden", vermutet die hübsche junge Frau. „Wir haben nicht nur eine ganze Menge Veranstaltungen, sondern es ist auch Freitagabend, wenn Sie ankommen. Es gibt eine ganze Menge Touristen, die zum Wochenende Paris besichtigen. Außerdem kommen die Liebespaare in Scharen zu uns, um ein paar romantische Tage bei uns zu genießen."

„Vielleicht gibt es noch ein Gästezimmer oder eine Übernachtungsmöglichkeit in einer Jugendherberge", überlegt Federica.

„Kennen Sie denn niemanden in Paris?" erkundigt sich die Stewardess.

„Mein Freund studiert in Paris. Aber er erwartet mich nicht. Es soll nämlich eine Überraschung werden. Möglicherweise ist er gar nicht zu Hause, sondern irgendwo mit Kommilitonen zusammen."

Aus den Augenwinkeln heraus beobachtet die Prinzessin die englische Dame auf dem Fensterplatz, die immer noch unentwegt in die Wolken schaut. Sie verzieht keine Miene.

Die Stewardess beugt sich zu Federica. „Ich bin übrigens Nadine, und habe mich gerade von meinem Freund getrennt. Wenn Sie wollen, und nachher nichts anderes finden, dann können Sie mich anrufen, und ich werde Ihnen meine Adresse geben."

Sie holt einen kleinen Block und einen Kugelschreiber aus ihrer Tasche und notiert ihre Telefonnummer auf einen

Zettel. „Ich will momentan sowieso nichts von einem neuen Freund wissen, ich bin erst einmal enttäuscht. Aber sie sollten zuerst einmal bei ihrem Freund anrufen, manchmal ist es nicht gut, jemanden zu überraschen." Sie reicht den kleinen, beschriebenen Zettel der Prinzessin und lächelte ihr aufmunternd zu.

„Sie haben wohl ihren Freund auch überraschen wollen, oder?" erkundigt sich Federica.

„Ja, diese verrückte Idee hatte ich auch. Und natürlich hatte ich ihm auch etwas Schönes mitgebracht, aus Rom, eine Münze vom Vatikan, ein wertvolles Sammlerstück. Aber als ich in unsere gemeinsame Wohnung kam, musste ich feststellen, dass er nicht nur Münzen sammelt."

Die Prinzessin seufzt. „Ich kann es mir denken. Sie haben ihn mit einer anderen überrascht."

„Genauso war es. Ich habe ihm erst einmal kräftig die Meinung gesagt, und ihn aus der Wohnung geschmissen, mitsamt seinem neuen Sammlerstück. Meine mitgebrachte Münze habe ich natürlich behalten."

„Das tut mir leid für Sie", findet Federica. „Die Liebe ist auch immer ein Abenteuer. Man weiß nie, was morgen passiert. Aber trotzdem muss man einfach immer offen sein und glauben, und selbst bereit sein, bedingungslos Liebe zu verschenken. Wenn es dann trotzdem schief geht, dann soll es wohl so sein."

„Nun ja, mit bedingungslos meinen Sie bestimmt nicht, dass man dem anderen jeden Wunsch von den Augen ablesen soll."

„Nein, das habe ich wirklich damit nicht gemeint. Man muss eigenständig bleiben, und gut für sich sorgen. Bei bedingungslos hatte ich wohl eher an ein ganz offenes, liebevolles Herz gedacht."

„Ich sehe schon, wir verstehen uns", antwortet die Stewardess. „Jetzt muss ich mich wieder um die anderen Gäste kümmern. Aber denken Sie daran! Wenn Sie kein Zimmer finden, rufen Sie mich einfach an!"

„Ganz bestimmt", verspricht Federica und vertieft sich in die heiße Schokolade.

Beim Weiterflug schaut sie ab und zu auf Mary Gray, die sich inzwischen eine Zeitung aus ihrem Korb genommen hat und darin liest.

Wahrscheinlich ist sie es nicht, denkt die Prinzessin, vermutlich ist es nicht die böse Fee Nüssli. Und wenn sie es doch ist, so bin ich jetzt wieder gestärkt und beruhigt, um mich ihr in allem widersetzen zu können. Ich werde nie Angst haben müssen! Genüsslich leert sie die Tasse und vertreibt sich die Zeit mit einem Blick aus dem Fenster.

In diesem Augenblick hört sie eine Durchsage: alle Passagiere werden auf die Landung vorbereitet und müssen die entsprechenden Maßnahmen einleiten.

Erleichtert atmet Federica auf und schnallt sich ebenfalls an. Sie horcht noch einmal in sich hinein, gibt es noch irgendwelche Ängste, die stören könnten? Nein, sie weiß, dass sie in Zukunft immer wieder alles in den Griff bekommt. Die Spannung ist von ihr gewichen, nun hat sie alles überstanden.

Wenige Minuten später ist die Maschine sanft und unfallfrei gelandet, und die Passagiere werden zum Flughafengebäude transportiert.

Als Federica durch den Ausgang läuft, ist von Mary Gray schon nichts mehr zu sehen. Wahrscheinlich ist sie irgendwo im Menschengefühl verschwunden, und die

Prinzessin nimmt sich vor, dieses Kapitel jetzt abzuschließen.

Als sie in die Vorhalle tritt, stößt mit einem jungen Mann zusammen, der einen Rucksack auf dem Rücken trägt.

„Können Sie nicht aufpassen?" fragt er ärgerlich. Aber dann stockt er, denn er erkennt, mit wem er da zusammengestoßen ist.

Auch Federica erkennt ihr Gegenüber, sie staunt, und ihre Augen beginnen zu leuchten.

„Mario! Was machst du denn hier?"

„Federica! Ich bin auf dem Weg nach Catania. Ich wollte dich zum Wochenende besuchen, denn da habe ich frei, keine Prüfungsarbeiten zu erledigen. Dabei habe ich dich die ganze Zeit schrecklich vermisst. Und was machst du hier?"

„Ich wollte dich gerade in Paris überraschen." Sie sieht ihn mit glänzenden Augen an. „Und was machen wir jetzt?"

Seine dunklen Augen funkeln und erinnern sie an die Sternschnuppen von San Lorenzo. „Was wir jetzt machen? Was machen denn Verliebte in Paris?"

Ihre Tasche fällt zu Boden, und sie stürzt in seine Arme. „Dann fangen wir am besten gleich damit an."

ENDE